1880 bis 2480 - IN TEXAS UND IM OMNIUM IST DIE HÖLLE LOS
Western - Sci-Fi Western

Krysilium
Strahler
2480

Colt 1880

BoD - Books on Demand
Norderstedt 2022

Renate & Uwe H. Sültz
Bücher von A bis Z

Bibliografische Information durch die Deutsche Nationalbibliothek
Die Deutsche Nationalbibliothek verzeichnet diese Publikation in der
Deutschen Nationalbibliografie; detaillierte bibliografische Daten
sind im Internet über http://dnb.dnb.de abrufbar.

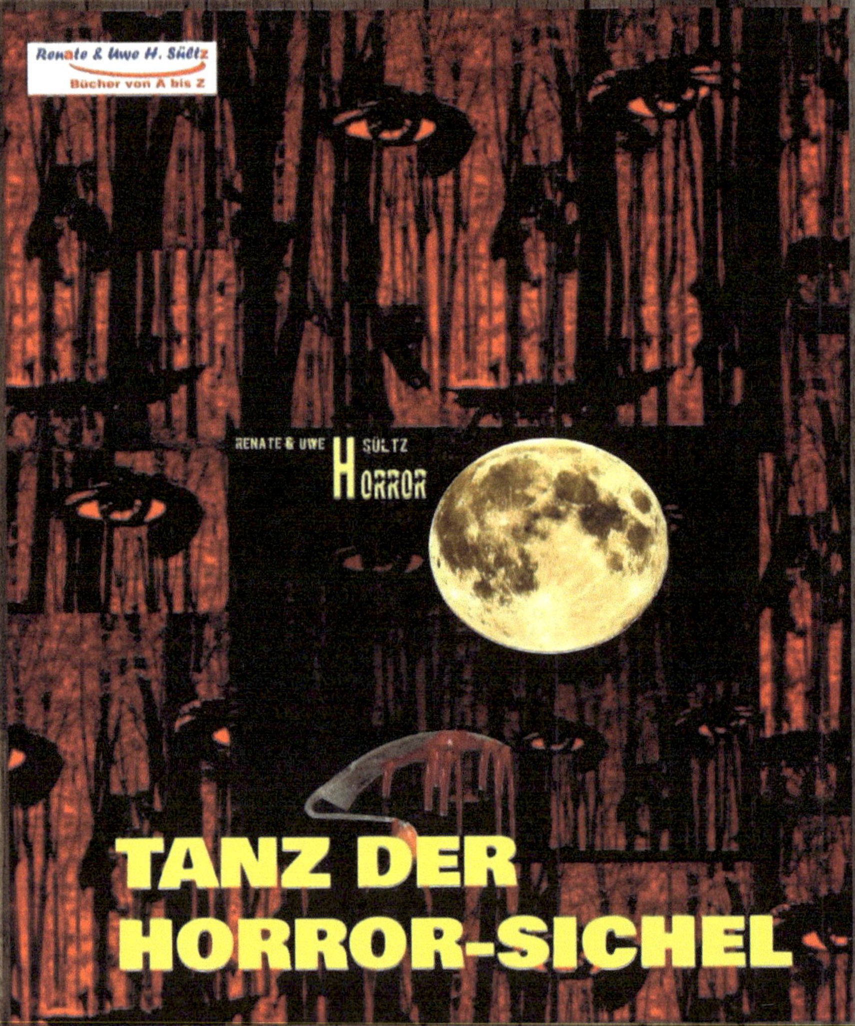

RENATE & UWE **H** SÜLTZ
HORROR

TANZ DER
HORROR-SICHEL

© **Renate & Uwe H. Sültz**
Herstellung und Verlag:
BoD – Books on Demand, Norderstedt
ISBN 9-78375-6-86267-2

Inhalt:

DAS DUELL

Kalifornien 1886. Sheriff Lee Mc Alister sorgte mit ruhiger Hand für Recht und Ordnung in der kleinen Stadt Red City. Der Ort war umgeben von rotem Gestein. Alles deutete auf Kupfer hin. Trotz Goldgräberstimmung erkannten einige Bergleute, dass Kupfer die neue Geldquelle war. Mc Alister war einst in vielen Krisengebieten tätig und für sein Durchsetzungsvermögen bekannt. Auch für seine schnelle Hand war er bekannt. Jedoch suchte er heute keine Herausforderung mehr. Er wollte nur noch mit seiner Frau und den drei Kindern seine Ruhe haben.

Oft genug wurde er zum Duell herausgefordert. Aus der Vergangenheit, steckt ihm immer noch eine Kugel in den Rippen. Aber irgendwann will er auch diese Kugel entfernen lassen, sodass keine Erinnerung mehr an seine turbulente Vergangenheit da ist. Aber Sheriff Lee Mc. Alister, hatte noch eine Leidenschaft. Das Schmieden hat ihm sehr viel Freude gemacht.

Sein Vater und Großvater waren Schmiede und er selbst beherrschte dieses Handwerk sehr gut.

Lee richtete sich eine Zelle in seinem Büro ein um seine Arbeiten durchzuführen. Er entwickelte Sporen für sein Pferd. Diese Sporen konnten sein geliebtes Pferd nicht verletzen. Aber er arbeitete an einer ganz wichtigen Sache, jedenfalls, war sie für ihn sehr wichtig. Er schuf einen Umbau für einen achtschüssigen Revolver. Seine Idee war es, einen zweiten Lauf auf der Pistole anzubringen, eine größere Trommel sollte dabei weitere Kugeln mit kleinerem Kaliber fassen können.

Ein zweiter Hahn wurde ebenfalls integriert. Auf diese Weise wollte Lee weitere 4 Schuss Munition zur Sicherheit bereitstellen. Sein erster Prototyp war geboren. Zum Einschießen wollte er in die Berge reiten. Des Öfteren kamen Fremde in der Stadt an. Viele suchten Arbeit im Bergwerk und andere wiederum, eröffneten einen Laden. Kitty, im Saloon, fiel der tiefsitzende Revolver auf, bei den neuen Fremden. Sie war seit 30 Jahren Bardame und hatte einen Riecher für Ärger. Kitty tippte auf Revolverhelden. Sie ging zum Klavier und gab Jimmy ein Zeichen.

Die Gäste am Spieltisch durften nichts merken. „Zwei Bier!", so der eine. „Schöne Stadt!", so der andere. „Auf der Durchreise", meinte Kitty. Ein kurzes „Ja" war die Antwort. Um die Stimmung aufzulockern, spendierte Kitty einen Schnaps. Der eine, schluckte ihn, der andere nicht. Er sagte: „Ich muss einen klaren Kopf behalten." „Wie heißt denn euer Sheriff?" „Mc Alister, Sheriff Lee Mc Alister." „Schick' Deine Bedienung zu ihm, denn er ist in 30 Minuten tot." Kitty tat es und versteckte einen Zettel in Jennys Hand auf dem stand: Lee, sei vorsichtig, es sind zwei Kerle, die dich umbringen wollen.

Der Sheriff, blieb ganz ruhig und sagte: „Hat man denn nie seine Ruhe. Warum muss denn das sein?" Seine Frau rannte herbei. Sie wusste schon, was jetzt kam. „Nein, tu' es nicht Lee. Du bist nicht mehr schnell genug, ich habe Angst!" „Ich bringe sie nur zur Vernunft. Bitte pack' schon einmal unsere Sachen zusammen. Wenn das hier vorbei ist, fahren wir in die Berge und fangen neu an." Der neue Revolver war noch nicht eingeschossen. Lee lud ihn. Acht Schuss plus vier extra.

Der eine Revolverheld kam auf die Straße und der andere war verschwunden. Der Sheriff, verließ sein Büro und redete mit dem Mann. Dieser rief nur: „Zieh' endlich, Du Feigling, gleich bist Du tot." Lee beobachtete die Augen des Mannes. Er konnte genau abschätzen, wann der andere zieht. Der Abstand der Männer war noch sehr groß. Der Revolverheld zog. Der Sheriff verschoss alle 8 Kugeln. Der Revolverheld brach zusammen und stand nicht wieder auf, er rief noch: „Macht ihn fertig, Jungs!" Zwei weitere Revolverhelden kamen mit gezogenem Eisen aus der Seitengasse. Sie wussten ja, die Trommel des Sheriffs war leer geschossen, ahnten natürlich nichts von den 4 Schuss in Reserve. Der Sheriff schoss ohne zu zögern seine letzte Munition ab... 4 Schuss... seine Erfindung hatte das Leben des Sherriffs gerettet.

Er kaufte sich mit seiner Frau eine Farm irgendwo im Süden und sie lebten dort mit ihren Söhnen.

Nun erntet er Gemüse, hauptsächlich Bohnen, mit den blauen Bohnen will er nichts mehr zu tun haben, den Revolver begrub er auf der Farm, irgendwo im Wilden Westen.

Der Tod lauert in Texas

Texas 1867 - Die Luft war erdrückend und schwül. Seit Wochen gab es keinen Regen. Die Trockenheit vernichtete Ernten und entwässerte viele Seen und Brunnen. Besonders die Farmer und Rancher litten darunter, denn auch die Tiere vegetierten nur noch dahin, da das Wasser rationiert werden musste. Eigentlich stand Texas kurz vor der Vernichtung. Die kostbare Flüssigkeit reichte nur noch für einige Tage.

Harry Sleet besaß eine kleine Farm im Norden von Texas. Ein paar Pferde, Rinder und Schweine, sowie einem kleinen Acker, auf dem er etwas Gemüsemais pflanzte, waren in seinem Besitz. Er ackerte Tag und Nacht, um die Tiere und das Land zu versorgen. Seine Frau wurde plötzlich krank. Eigentlich war sie immer gesund, aber Mary Sleet fiel eines Tages in einen tiefen Schlaf, aus dem sie tagelang nicht erwachte. Danach war nichts mehr so wie es war. Mit ihren 40 Jahren war sie immer eine lebenslustige Frau. Harry war etwas jünger, aber die Arbeit auf der Farm und die Sorgen um seine Frau ließen ihn innerhalb von Wochen zu einem alten Mann werden. Mary Sleet konnte, nachdem sie aus dem tagelangen Schlaf erwachte, nicht mehr sprechen. Sie starrte nur noch vor sich hin und murmelte ab und zu ein paar unverständliche Worte, die sich etwa so anhörten: „Gnatnom schotuum eflire som." „Was konnte sie nur meinen?", dachte Harry Sleet. Er wollte sich aber nicht lange damit beschäftigen, denn die Arbeit war ihm wichtiger. Die Hitze wurde immer unerträglicher und das Wasser wurde knapp, sehr knapp.

Steve Hendrix war der Sheriff in der Gegend und ritt ständig umher, um wieder verdurstete Menschen und Tiere von den Deputy's versorgen zu lassen. „Unglaublich was hier passiert", dachte er und versuchte mit der Zunge seine Lippen anzufeuchten. Doch plötzlich stand ein Mann vor ihm. Wie aus dem Nichts erschien er ihm. Groß, elegant gekleidet, eine perfekte Aussprache ohne Akzent. Aber er hatte einen ganz eigenartigen Glanz in seinen Augen. Der Sheriff dachte sich aber weiter nichts und fragte ihn: „Was kann ich für Sie tun, Mister?" Der Mann schaute ihn mit seinen durchdringenden Blicken forschend an. Nun sprach er ruhig und gelassen: „Ich will mich hier auf diesem Planeten umschauen." „Aber das tun Sie doch gerade, mein Freund,   oder irre ich mich da?" Der Mann antwortete nicht sofort. Doch dann sprach er in einer dem Sheriff unbekannten Sprache: „Gnatnom,   schotuum,   eflire   som!" Er wurde wütend und schrie diese Worte quasi heraus. „Wir brauchen Eure Ressourcen und Euer Wasser für unsere Planeten. Siranus und Runos sind am gefährdetsten. Wir trocknen aus. Unsere Atmosphäre ist nicht mehr zum Atmen geeignet. Alle Lebewesen sterben aus. Und wenn wir sehen, wie ihr mit Euren Ressourcen umgeht, könnten wir platzen vor Wut." „Aber wir werden Schluss damit machen. Wie Ihr schon gemerkt haben solltet, ziehen   wir Euch langsam den Sauerstoff ab und   auch das Wasser zum Trinken", sagte der Fremde weiter.   „Aber warum?", fragte der Sheriff. „Unschuldige Menschen werden sterben!" „Darauf können wir keine Rücksicht nehmen. Wir haben auch auf der Erde schon Verbündete, die uns regelmäßig mitteilen, was hier passiert." Steve Hendrix war verzweifelt. Wer sollte ihm glauben, was er gerade erlebte? Der feine Herr verschwand so schnell wie er gekommen war. Die Sonne brannte erbärmlich und der Durst zerrte am Verstand des Sheriffs. Auf dem Weg zurück schaute er bei Harry und Mary Sleet vorbei. Er klopfte an. „Hallo Harry?", sagte Steve völlig durch den Wind. „Wie geht es Deiner Frau?" „Sie spricht immer noch nicht und wenn dann nur unverständliche Worte." Mary Sleet betrat das Zimmer und schaute den Sheriff mit durchdringendem Blick an. Sie sprach die Worte, die er zuvor von dieser Person auf dem Weg zu hören bekam. „Gnatnom schotuum eflire som." Übersetzt heißt es: „Seid auf der Hut, wir sind schon hier." Der Sheriff sagte nichts mehr, sondern setzte sich, wurde kreidebleich und verlangte einen Schluck Wasser, den er mit Mühe und Not bekam. Das Wasser der Brunnen war fast versiegt und die Tiere starben eines nach dem anderen. Tote lagen auf den Straßen und das Elend war nicht mehr aufzuhalten. „Diese Worte", sagte der Sheriff, „habe ich heute schon gehört, von einem großen Fremden, der sehr elegant gekleidet war. Er sprach unsere Sprache und fügte diese Worte, genau diese Worte, hinzu. Er drohte mir. Er sagte, dass der Sauerstoff langsam der Erde entzogen wird und das Wasser zu zwei Planeten transportiert werden soll, auf dem es langsam, aber sicher, keinen Sauerstoff und keine Möglichkeit mehr gibt zu überleben. Mary Sleet konnte plötzlich wieder sprechen, aber es war nicht ihre Stimme: „Wenn Ihr schlau seid, kommt mit. Kommt auf unseren Planeten, gebt uns die Chance mit eurem Wasser und dem Sauerstoff wieder Leben aufzubauen. Bitte kommt. Unser Raumschiff steht in drei Tagen über Texas und ihr habt die Möglichkeit, mit uns zusammen etwas zu verändern. Eure Welt existiert bald nicht mehr und die Menschen sind dumm und selbstsüchtig. Sie haben alles zerstört." Harry, Steve und Mary, aber auch viele andere Menschen, die bis zum Eintreffen des Raumschiffs überzeugt werden konnten, hatten sich zusammengetan, um den Planeten zu verlassen. Als das Raumschiff eintraf und über Texas stand, wurden diese Leute hinein geholt und reisten innerhalb kürzester Zeit zu einer fernen Welt. Denn irgendwann würde es nicht mehr möglich sein, die Erde zu verlassen.

Wir werden verlieren. Der Mensch wird lernen müssen, dass Sauerstoff, Wasser und Nahrung ein Geschenk sind, mit dem er sorgsamer umgehen muss, damit unser Globus nicht in der unendlichen Dunkelheit des Universums verschwindet.

Mit den Waffen der Zukunft

„Vermisst Du Deinen Job?", fragte Lydia ihren Ehemann. „Liebes, ich bin gern hier auf der Farm. Die Arbeit ist ok", antwortete er. Er, das war der berühmte US-Marshal John W. Cobb. Lydia bohrte nach: „Ich möchte wissen, ob Du zurück möchtest? Willst Du wieder in Deinem alten Job arbeiten?" „Ja, eigentlich schon", flüsterte John. 3 Wochen später machten sie sich auf die Reise, in die Welt von Recht und Ordnung. Recht und Ordnung, das verkörperte Marshal Cobb in verschiedenen Städten der USA. Nach einer Schussverletzung gab er den Job auf und übernahm eine Farm. Diese führt nun Pedro weiter. Pedro ist Freund und Vorarbeiter der Cobbs. Bis die Cobbs einmal zurückkommen, wird Pedro sein Bestes geben.

Der Weg der Cobbs führte nach Colorado Springs. Hier kannten die Einwohner Marshal John W. Cobb nicht. „Ich bin froh, dass Du mir das ermöglicht hast", seufzte John. „Ach, Liebling, da, wo Du glücklich bist, bin ich auch glücklich und zu Hause", sagte Lydia. „Was ist das dort am Himmel für ein heller Stern?", rief John. Beide sahen einen hellen Punkt am Himmel. Sie waren in der Wüste, niemand sonst sah es. Plötzlich begann das Objekt zu taumeln. Jetzt sah man eine lange Rauchfahne. Das Objekt stürzte in der Wüste ab. Die Cobbs stiegen aus ihrem Planwagen, sattelten die Pferde und ritten zur Absturzstelle. Sie glaubten an einen Kometen. Nach 10 Minuten trauten sie ihren Augen nicht. Eine etwa 20 Meter im Durchmesser große silberne Tonne lag qualmend im Wüstensand. Sie standen nun direkt davor. Plötzlich öffnete eine Tür. Starker Rauch trat aus. Mit letzter Kraft rettete sich ein Wesen ins Freie. Es war sehr schwer verletzt. Der Kopf war größer als die der Cobbs. Auch waren die Arme länger und dünner. Unerschrocken nahm Lydia das Wesen in den Arm. John holte die Feldflasche und gab dem Wesen Wasser. Das Wesen tippte mit seinem Finger auf einen Schalter. Ein Kästchen trug es am Handgelenk. John legte seine Hand auf seinen Colt, der im Halfter steckte. Er wusste schließlich nicht was passieren könnte. „Gotsch net worm", sagte das Wesen. Mit 2 Sekunden Verzögerung kam aus dem Kästchen: „Ich komme in Frieden. Seid gegrüßt." „Wer bist Du? Woher kommst Du? Was bist Du? Was ist das für eine Tonne? Wie kommst du in den Himmel?", wollte Lydia wissen. Über das Kästchen, welches ein Übersetzer war, kam die Antwort: „Ich komme von einem weit entfernten Sonnensystem. Ich beobachte euch schon lange. Meine Vorfahren waren schon vor langer Zeit bei den Menschen. Mein Raumschiff ist defekt. Ich dachte, dass ich bei Euch noch eine Bleibe finden würde. Aber nun ist meine Verletzung zu groß. Nehmt dieses Krysilium. Es ist hochexplosiv und hat die hundertfache Wirkung wie Dynamit. Verratet aber nichts." Danach starb der Außerirdische. Die Cobbs begruben ihn und schaufelten Sand über das Raumschiff.

Jetzt fuhren sie mit dem Planwagen nach Colorado Springs. Dort angekommen, verschafften sich Lydia und John zunächst einen Überblick. In der Bank gaben sie das Gold ab und tauschten es gegen Dollar ein. Danach wollten sie ins Hotel. John wollte seine Identität noch nicht verraten, er dachte eher an einen Job als Hilfssheriff. Damit wollte er vermeiden, dass rachesuchende Ganoven ihn suchen würden. „Suchen Sie eine Bleibe für Ihre beiden Pferde?", fragte ein Junge. „Für einen viertel Dollar sorge ich dafür, dass die Pferde Futter erhalten, striegele sie und der Planwagen wird gut untergestellt."

„Wer bist Du denn?", fragte John. „Pedro, ich bin Pedro. Ich sorge für meine Familie", antwortete der Junge. John gab ihm einen ganzen Dollar und sagte: „Mein Name ist John Cobb. Wo lebt deine Familie?" „Mr. John, sie finden meine Familie, mich und ihren Planwagen am Ende der Straße auf der rechten Seite", so Pedro und fuhr mit dem Planwagen los. Im Hotelzimmer überlegten Lydia und John ihre weitere Vorgehensweise. John besorgte danach eine gute Ausrüstung zur Verteidigung. Lediglich seinen Colt nahm er mit. Die Gewehre blieben bei Pedro auf der Farm. „Na, damit können sie ja Sitting Bull alleine besiegen", lachte der Verkäufer des Geschäftes, in dem es einfach alles gab. „Ja sicher, ich hörte, dass der Wilde Westen ganz schön wild sei. Ich nehme noch eine Tüte Lutscher", sagte John. Auf der Straße traf er Pedro. „Hier habe ich Süßes für Dich und Deine Freunde." „Können Sie meinem Vater helfen?", fragte Pedro. „Später, mein Junge, später."

In Colorado Springs eröffneten immer mehr Saloons. Es floss viel Alkohol, der ein oder andere Tote war zu beklagen. Viele Familien zogen von Norden nach Süden, von Osten nach Westen, es war der Goldrausch, der alle in seinen Bann zog. Glück und Unglück lagen nahe beieinander. Der Sheriff der Stadt hatte viel zu viel zu tun. Die Zeit verging.

In 4 Wochen erwarteten die Cobbs ihr erstes Kind. „Wird es ein Mädchen, könnte es Betty heißen, wird es ein Junge, dann Jeff", sagte John begeistert. Lydia darauf: „Wie wäre es mit Joe oder Elizabeth?" „Ist in Ordnung. Hauptsache gesund", so John. Es wurde dann doch ein Joe. Beide nahmen sich in den Arm und waren glücklich. Lydia fand eine Anstellung im Kolonialwarengeschäft Smith & Co. John wurde zunächst Viehtreiber, ein echter Cowboy also. Es war als Cowboy ein harter Job. John beobachtete natürlich mit wachem Auge, was in der Stadt passierte. Nun, er war eben US Marshal. Abends sprachen die Eheleute dann über ihren erlebten Tag. „War Joe brav heute?", fragte John. „Sehr sogar. Wenn alle so brav sein würden. Du bist ja auf der Ranch. Aber hier in der Stadt wird es immer gefährlicher. Es entsteht ein richtiger Bandenkrieg", mit ängstlicher Stimme sagte Lydia diese Worte. „Und der Sheriff? Kommt er noch zurecht?" „Nein, die Übermacht ist zu groß."

In der Freizeit arbeitete John auf dem Hof von Pedro an seinem Colt. Er baute eine größere Trommel ein. Jetzt hatte der Revolver neun Schuss. Für die letzten drei Patronen verwendete er Krysilium. Nur eine Winzigkeit sorgte für eine Explosion, ähnlich wie viele Stangen Dynamit. Die Trommel ließ sich leicht entnehmen, eine gefüllte Ersatztrommel hatte John immer in der Tasche. Aber er hatte noch mehr vor, aber alle Arbeiten kosteten sehr viel Zeit. „Mr. John, darf ich Dich etwas fragen?", so Pedro. „Natürlich, mein Junge. Was bedrückt Dich?" „Mr. John, es geht um meinen Vater. Er ist von einer Bande verschleppt worden. In einer Mine muss er arbeiten. Der Sheriff sagt, er wäre in Omaha. Aber dort sei er nicht zuständig. Mr. John, kannst du helfen?" „Ich werde Dir und Deiner Familie helfen. Ihr habt mir und meiner Frau geholfen. Bei Euch ist Joe geboren worden und ihr passt gut auf mein Kind auf. Ich verspreche, ich helfe Dir. Übrigens, verrate aber nichts, ich bin US Marshal."

Abends besprach John alles mit seiner Frau Lydia. Lydia hatte schlechte Nachrichten. In zwei Tagen erscheint hier in Colorado Springs die Stanton-Bande. Der Sheriff mobilisiert gerade Helfer. Aber wer wird schon mit Revolverhelden fertig? „Lass' mich überlegen, Lydia. Bleibe Du an dem Tag im Geschäft und lasse Dich nicht auf der Straße sehen. Unser Joe ist bei Pedro gut aufgehoben. Schlafen wir jetzt", beruhigte John seine Frau.

John nahm sich für den besagten Tag frei. Er hatte so gute Arbeit geleistet, dass der Rancher Cliff Dorn ihm gern diesen Wunsch erfüllte. Morgens brachten Lydia und John ihren Sohn zu Pedro. Lydia ging normal zur Arbeit. Vor dem Laden stand eine Bank. John setzte sich mit einer Zeitung darauf und beobachtete alles. Der Sheriff war sehr nervös. Er verteilte seine Helfer. John erinnerte sich gern an seine Deputys. Wenn er jetzt die Truppe hätte... aber die war 200 Meilen entfernt. Plötzlich kam ein Reiter und rief: „Sie kommen! Bringt euch in Sicherheit! Sie kommen!"

Eine dramatische Situation entstand. Der Sheriff stellte sich wagemutig mitten auf die Straße. „Das ist ja Wahnsinn", dachte sich Marshal John W. Cobb. Die Bande ritt in die Stadt ein. Angeführt von Bill Stanton. Fünfzehn Männer saßen bis an die Zähne bewaffnet auf ihren Pferden. Die Bewohner von Colorado Springs versteckten sich. Zwei Helfer des Sheriffs hatten die Hose voll und liefen einfach in die Kirche. „Wie ist die Lage, John?", flüsterte Lydia durch die etwas geöffnete

Ladentür. „Die Bande fühlt sich sehr sicher, sie haben sich nicht verteilt. Ich hoffe es sind nicht mehr. Ansonsten... fünfzehn auf einen Streich."

 Immer näher kam die Bande. Mit ihren Revolvern und Gewehren zielten sie auf Fenster und Türen. Sie schossen nicht, aber verbreiteten so Angst und Schrecken. Jetzt ritten sie an John vorbei. Mit der Zeitung verdeckte er seinen umgebauten Colt. Nun standen die fünfzehn Männer vor dem Sheriff. John war in ihrem Rücken. „Mach' Dich aus dem Staub, Sheriff. Wir übernehmen die Stadt", befahl Bill Stanton. „Ich verhafte Euch im Nehmen des Gesetzes", antwortete mutig der Sheriff. Die Männer positionierten sich nebeneinander vor dem Sheriff. Langsam erhob sich Marshal John W. Cobb und suchte Schutz vor einem Pfosten. Lässig lehnte er sich daran, aber mit der Hand am Colt. „Ihr habt gehört, der Sheriff hat Euch etwas gesagt. Ich sage hiermit, legt die Waffen nieder." Drei Männer drehten ihr Pferd in Richtung Marshal. „Wer sagt das?" „Mein Name ist Marshal John W. Cobb und nun runter mit den Waffen."

Die Männer zogen ihre Revolver. Der Marshal war klar schneller. Noch drei Schuss waren offiziell in der Trommel. Bill Stanton schoss auf den Sheriff. Am Boden liegend erschoss dieser zwei Männer. Dann traf ihn eine weitere Kugel. Jetzt drehten sich zehn Männer zu Marshal Cobb. „Was war noch, Großmaul? Was willst Du mit Deinen drei Kugeln ausrichten?", so Stanton. „Ich warne Euch ein letztes Mal, Waffen fallen lassen", so der Marshall. „Macht ihn fertig!", schrie Stanton. Noch ehe die Bande ihre Kanonen ziehen konnten, erschoss der Marshal mit den drei Kugeln Bill Stanton, danach schoss er mit den Krysilium-Patronen in die Mitte der Bande. Die heftigen Explosionen warfen die Männer von den Pferden. „Nun noch einmal, ich verhafte Euch im Namen des Gesetzes", sagte der Marshal mit ruhiger Stimme, dabei setzte er die nächste gefüllte Trommel ein. Jetzt kamen die Helfer des Sheriffs aus ihren Verstecken und brachten die Überlebenden ins Gefängnis.

Der Sheriff wurde verarztet. Noch lange Zeit erzählten sich die Bürger von Colorado Springs dieses Duell. „Ich bleibe solange mit meiner Familie in der Stadt, bis sie gesund sind, Sheriff", sagte der Marshall. „Einen Mann wie sie könnten wir hier gut gebrauchen. Ich danke Ihnen im Namen der Stadt Colorado Springs. Ich verdanke Ihnen mein Leben, Marshal", so der Sheriff. „Leider muss ich ablehnen. Ich habe einem kleinen Jungen etwas versprochen. In der nächsten Woche geht es nach Omaha."

Der Tag des Abschiedes aus Colorado Springs nahte. Familie Cobb wurde mit großem Beifall verabschiedet. „Ich werde nach Omaha telegrafieren. So dass dort alles vorbereitet wird. Das ist das Mindeste was ich tun kann, um Ihnen das Leben dort zu vereinfachen", versprach der Sheriff von Colorado Springs.

Der Weg nach Omaha war lang und beschwerlich. Über 600 Meilen waren zurückzulegen. Der alte Planwagen musste oft von John repariert werden. Es war heiß. Die Sonne war mörderisch. Langsam gingen die Essens-Vorräte zu Ende. Wasser hatten sie genug, denn die Bewohner in Colorado Springs empfahlen die Route am Platte River entlang. Die Stadt Lexington war das nächste Ziel, um alle Vorräte aufzufüllen. In Lexington erwarb John zwei Reitpferde und alles was nötig war, um den

Rest der Reise zu überstehen. Nach zwei Tagen ging es weiter in Richtung Omaha.

Die Reise wurde jetzt abwechslungsreicher. Hin und wieder sah man nun Eisenbahnarbeiter. Der kleine Joe verfolgte alles sehr aufmerksam. Kurz vor Lincoln sahen Lydia und John Rauchwolken am Horizont. „Ich reite voraus und sehe mir das einmal an. Nimm das Gewehr", sagte John etwas besorgt zu seiner Frau. Er selbst nahm den umgebauten Colt mit. Vor der Reise konnte John noch die letzte Stufe seiner Umbauaktion erledigen. John ritt los. Von weitem konnte er erkennen, dass Männer auf Pferden fünf Planwagen angriffen. Waren es Indianer? John kam näher. Es schien eine Bande zu sein. Mit Halstüchern verdeckten sie ihre Gesichter Bis auf 1500 Meter näherte sich John an. Jetzt konnte er genau erkennen, dass Frauen un Kinder in den Planwagen waren. Die Väter verteidigten sich tapfer, waren aber chancenlos. Sie waren mit der Bande völlig überfordert. John suchte sich eine leichte Anhöhe. Jetzt schraubte er Laufverlängerungen an seinen umgebauten Colt. Er wechselte die Trommel aus, befestigte ein Zielfernrohr und legte die Spezialmunition mit Kysilium ein. Die 1500 Meter waren locker zu schaffen. Er zielte auf die Bande. Natürlich sollten die Frauen, Männer und Kinder nicht verletzt werden. John schoss. Das Geschoss heulte durch die Luft. Es erinnerte John an das abstürzende Raumschiff. Eine Explosion zwischen den Angreifern. Sie irrten herum. John schoss wieder. Eine Kugel legte er noch nach. Wieder Explosionen. Die überlebenden Angreifer suchten das Weite. Mittlerweile war Lydia mit dem Planwagen angekommen. Sie fuhren nun zu den Familien.

Die Kinder liefen Lydia und John schon laut rufend entgegen: „Sie haben uns gerettet, Sie haben uns gerettet! Dankeschön!" Abends am Lagerfeuer erzählten alle Geschichten aus dem Leben. Die Gruppe kam aus Irland und wollte sich als Farmer in Amerika niederlassen. Zunächst dachten sie an das Gold. Aber als Goldgräber war es mit Kindern viel zu gefährlich. Alle zogen von Dublin aus in den Westen. „In Dublin wohnen meine Eltern", sagte Lydia. „Ach, wie klein die Welt ist. Wo denn da?", fragte Jane McReed. „Nahe des Hafens", antwortete Lydia. „Ja, der Hafen zur

Irischen See ist wunderbar. Wir haben ihn oft besucht", so Jane.

Zufrieden legten sich alle um das Lagerfeuer zum Schlafen.

Nach der Verabschiedung am frühen Morgen zogen die Farmer nach Westen und Lydia und John weiter nach Osten. In Omaha, nach langen 600 Meilen, wurden sie vom Hilfssheriff Cliff Northon freudig empfangen. „Ich habe für Sie ein Hotelzimmer gebucht. Robert kümmert sich um Ihr Gepäck und den Planwagen. Ruhen Sie sich erst einmal gut aus."

Am nächsten Tag ging John ins SHERIFF'S OFFICE und erklärte sein Anliegen. „Deputy, es wurden auf dem Weg hierher Siedler überfallen. Irische Farmer, die nun auf dem Weg nach Westen sind. Ich musste viele Angreifer erschießen. Ich schreibe noch einen Bericht." „Das ist kein Problem. Ihr Ruf eilte von Colorado Springs voraus. Ich werde alles Nötige veranlassen. Aber auch die Stadt Omaha hat ein Anliegen. Unser Sheriff ist vor 6 Tagen erschossen worden. Am Sterbebett gab er mir dieses Telegramm von seinem Freund in Colorado Springs. Sie haben dort die Stadt gerettet und das Leben vieler Bewohner. Ich benötige Ihre Dienste.", so der Hilfssheriff Cliff Northon.

Lydia und John richteten sich in einem kleinen Haus am Rande der Stadt gemütlich ein. Es hätte auch noch ein größeres Haus gegeben, aber der große Stall war dann doch ausschlaggebend. Hier konnte Stan seine Arbeiten an den Waffen fortsetzen. Und gerade damit begann er sofort, während seine Frau das Haus einrichtete. Herrliche Stoffe für Vorhänge, ein wunderschönes rotes Sofa, ein Teeservice aus Germany und viele Dinge mehr, die Lust auf einen gemütlichen Feierabend machen sollten. Die Kinder aus der Nachbarschaft brachten dem kleinen Joe Spielzeug aus Holz. Lydia fand eine Anstellung als Lehrerin.

„Guten Morgen, Cliff. Ist ein herrlicher Tag heute", sagte Marshal Cobb. „Ja, wunderbar. Haben Sie sich gut eingerichtet, Marshal?" „Wir sind sehr zufrieden. Es sind so viele nette Menschen in Ihrer, sorry, unserer Stadt." „Stimmt. Unser ehemaliger Sheriff hatte alles gut im Griff. Wir haben nur Probleme mit den

Besitzern der Erz-Mine im Norden." „Hat der Tot des Sheriffs damit zu tun?" „Korrekt. Und ich würde denen gern das Handwerk legen." „Sagt ihnen der Name Pedro Morgeno etwas?", fragte der Marshal. „Ja, der Sheriff in Colorado Springs sendete einmal ein Telegramm. Mehrere Mexikaner wurden verschleppt. In der Mine arbeiten viele Mexikaner. Die Besitzer, die Brüder Dennon, haben eine Festung aus der Mine gemacht. Niemand kommt rein, niemand raus. Sie selbst kommen samstags zum Bier in die Stadt und nehmen Proviant mit." „Und was geschah mit dem Sheriff." „Es gibt angeblich keine Zeugen, denn die Brüder Dennon zwangen alle Besucher des Saloons sich umzudrehen. Angeblich sollte es ein faires Duell gewesen sein. Aber der alte Hardy sagte, der Sheriff wurde von zwei Mann festgehalten." „Wo finde ich diesen Mr. Hardy?", fragte der Marshal nach. „Erschossen. Zwei Tage nach der Aussage fand ich ihn hinter dem Pferdestall." „Morgen reite ich zu der Mine, werde die Lage einmal prüfen." „Soll ich Sie begleiten?" „Nein, in der Stadt muss ein Gesetzesvertreter bleiben." „Aber Pete könnte Sie begleiten. Er kennt den Weg." „Okay, damit bin ich einverstanden."

Am nächsten Morgen starteten der Marshal und Pete zur Mine. „Dort sind die ersten Wachposten, Marshall. Wir reiten um die Felsen herum, dann können sie den Eingang der Mine sehen", erklärte Pete. Mit seinem Fernrohr sah der Marshal, dass die Arbeiter ausgepeitscht wurden. Ein Mexikaner lief davon. Er wurde von einem Aufseher ohne zu zögern erschossen. Pete sagte: „Das war Mike Dennon, er trägt ein rotes Halstuch. So ein Schwein. Aber alle sind sie Schweine." Pete war verbittert.

Am Abend beratschlagten Cliff Northon und der Marshal die Lage. „Morgen ist Samstag. Ich nehme mir die Dennon's morgen zur Brust." Sie ritten zurück.

Lydia hatte ein herrliches Abendessen vorbereitet. „Was macht unser Sohn?", fragte John. „Er wächst und gedeiht, Liebling. Mit seinem Holzrevolver spielte er heute mit den Kindern im Hof. Soll er später auch einmal Marshal werden? Was meinst Du?" „Politiker, das wäre mir lieber. Wir kennen doch die

Weltgeschichte." Nach dem Essen ging John noch in den Stall, den er sich zu einem Arbeitsraum eingerichtet hatte. Es wurde spät. „Schläfst Du, Schatz?" „Ich habe noch auf dich gewartet. Die Rechenarbeiten habe ich schon korrigiert. Was hast Du gearbeitet?" „Ich habe den Colt weiter verbessert. Schlafe gut, mein Darling."

Der Samstag begann ruhig. Gegen 16 Uhr trafen die Dennon's in der Stadt ein. Nach dem Einkauf gingen Big Dennon, Jack Dennon und Mike Dennon in den Saloon. John trat ebenfalls ein: „Mein Name ist Marshal John W. Cobb. Um mir einen Überblick zu verschaffen werde ich Sie Montag besuchen." „Was sagt die Kakerlake?", murmelte Big Dennon. „Die Kakerlake will zum Tee kommen, Big Dad", provozierte Mike Dennon. „Ach ja, Mike Dennon?", so der Marshal. „Was willst Du, Kakerlake?" „Ich nehme Sie wegen Mordes im Namen des Gesetzes fest." Mike Dennon griff zum Revolver. Der Marshal war schneller. „Drücken Sie ab, sind Sie eine Leiche", sagte Cobb. In diesem Augenblick kam der Hilfssheriff mit einer Winchester in den Saloon und hielt die anderen Dennon's in Schach. Jack und Big Dennon verließen die Stadt mit der Androhung:

„Ich hole meinen Jungen hier raus. Und Dich, Kakerlake, vernichte ich mit einem Kugelhagel!"

Mike Dennon wurde eingesperrt. „Ich telegrafiere Richter Smith in Kansas City, aber das wird 30 Tage dauern, bis er hier ist", sagte Cliff Northon. „Nun, ich bleibe dabei, Montag erledige ich die Bande. Es dürfen nicht noch mehr Menschen in der Mine sterben." „Marshal, muten Sie sich nicht zu viel zu, man lebt nur einmal. Aber bei dieser Brutalität ist es fraglich, ob es noch Menschen im Jahr 1970 auf diesem Planeten gibt." „Mann, wenn Sie wüssten", murmelte Cobb.

Marshal John W. Cobb machte sich am Montag um 9 Uhr auf den Weg zur Mine. Der Marshal wollte die Sonne im Rücken haben. Er beobachtete wie Big Dennon, Vater von Jack, Norman, Robert und Mike, die Wachen verteilte. Drei Mann patrouillierten um den hohen Zaun herum. Cobb wartete ab, die drei Männer ritten auf den Eingang zu. Die Sonne stand gut. Das Mündungsfeuer des umgebauten Colts konnten sie bestimmt nicht erkennen. Ein gezielter 1000-Meter-Schuss und die drei Reiter starben an der Explosion. Das gut gesicherte Eingangstor brach zusammen. Die Dennon's und ihre Revolverhelden rannten aus dem Haus, schossen wild um sich und suchten Schutz. Cobb ortete jeden von ihnen. Er schoss auf die Pferdetränke... eine gewaltige Explosion durch das Krysilium töte den Revolvermann. Der nächste 1000-Meter-Schuss traf das Haupthaus, es ging in Flammen auf. Die Sache lief gut. Plötzlich bemerkte der Marshal, dass hinter seinem Rücken eine Handvoll Männer entkamen. Der Marshal ritt um den Hügel herum, um zurück in die Stadt zu kommen.

Dort angekommen sah er die aufgeregten Bürger. Hier passierte einiges. Mike Dennon überrumpelte den Hilfssheriff und bot den Revolverhelden Ross und Clark 500 Dollar für die Ermordung von Marshal Cobb. Clark brachte noch seine fünf Freunde mit. „Marshal, ich habe einen Fehler gemacht. Jetzt wird die Bande unsere Stadt in Schutt und Asche legen", wimmerte Cliff Northon.

Alles beruhigte sich wieder, denn Cobb sagte mit seiner beruhigenden Stimme: „Alles wird gut, Leute. Ich nehme den Kampf auf. Wie in Colorado Springs benötige ich den schnellsten Reiter unter euch. Er muss frühzeitig ankündigen, wann die Bande von der Mine aus losschlagen will." Jetzt hatte Cobb es mit den Ganoven in der Stadt zu tun und mit denen, die noch kommen werden. John ließ seinen alten Planwagen aus dem Stall holen. „Ist der schwer zu schieben... Marshal... was haben Sie hier verbaut?", rief Pete und quälte sich mit vier weiteren Männern. Den Wagen ließ der Marshal vor das Office schieben. Man sah wohl, dass die Holzräder durch Stahlräder ausgetauscht wurden. Aber der Rest schien Holz zu sein. Er war nun höher als sonst, das sah man aber nicht, da das bogenförmige Planwagendach viel verdeckte. Die Bürger sollten in ihren Häusern bleiben. Lydia und Joe versteckten sich im Office. „Sie kommen! Sie kommen!", rief der Beobachtungsposten. Jetzt war die Stadt totenstill. Aus zwei Richtungen griffen die Revolverhelden an. Sie sahen den Planwagen und den Marshal darin, sofort schossen sie aus allen Rohren. Das Planwagendach wurde weggeschossen. Der Wagen wurde durchlöchert. „Wir haben ihn! Legt die Stadt in Schutt und Asche!", schrie Big Dennon. Wie aus dem Nichts stand plötzlich der Marshal im Planwagen auf und schoss im Zehntelsekundentakt auf alles was sich bewegte. Auf seinem Colt war ein langer Schacht angebracht, in dem 100 Schuss Munition waren. Die Revolverhelden waren irritiert und schossen entweder weiter oder suchten Schutz im Saloon. Der Marshal setzte das nächste Magazin auf. Nun war die Munition mit Krysilium bestückt. 100 Schuss... unendliche Explosionen... es gab um den Planwagen herum nur noch Tote. Das Magazin war leergeschossen. Jetzt setzte Cobb die umgebaute Trommel mit 9 Schuss wieder in den Colt ein. Langsam ging er zum Saloon. Robert Dennon war noch nicht erledigt. Von einer Kugel getroffen stand er auf, versteckte sich hinter dem Planwagen und zielte auf den Sheriff. „Kakerlake, Du bist jetzt dran!" Der Marshal war in der Falle, er stand zwischen Planwagen und Saloon. Ein Schuss fiel. Robert Dennon brach zusammen. Lydia zielte genau. „Und jetzt mache sie fertig, John!", rief sie ihrem Mann zu. Vier Mann standen vor dem Saloon und waren geschockt. Sie zogen ihre Kanonen und schossen auf den Marshal. Die Kugeln landeten im Sand, der Marshal war noch zu weit entfernt. Die Männer luden nach. „Ihr seid verhaftet, legt die Waffen nieder!", rief Marshal

John W. Cobb. Die Männer schossen weiter. Cobb zog den Colt. Drei Kugeln aus Krysilium schossen pfeifend durch die Luft. Explosionen... Tote.

Revolverheld Frank Ross und Mike Dennon waren noch im Saloon. „Weitere 1000 Dollar wenn wir das Schwein erledigen", bot Mike an. „Okay!", antwortete Frank Ross. Der Marshal kam durch die Pendeltüren. Die Männer standen sich nun gegenüber. Der Marshal hatte nun noch sechs normale Patronen. Es wurde nun ein echtes Duell. „Zieh!", schrie Mike Dennon. Der Marshal achtete nur auf die Augen der Gegner. Er hörte nichts und sah nichts anderes. Dann das Zucken bei Frank Ross. Der zog den Revolver. Blitzschnell zog der Marshal, mit dem Daumen spannte er den Hahn, der Zeigefinger reagierte sofort. Zwei Schuss! Die eine Kugel traf Frank Ross. Ross' Kugel traf nur die Pendeltür. Mike Dennon zog auch die Waffe. Wieder war der Marshal schneller.

Die Stadt feierte den Erfolg. „Marshal, was war denn nun mit Ihrem Planwagen los, warum war der so schwer?", fragte Pete. „Ich habe Stahlplatten von den Eisenbahnen eingebaut.", antwortete der Marshal. „Hey, unser Marshal hat eine eigene Eisenbahn", lachte Pete. „So, jetzt will ich noch los zur Mine. Ich habe dem kleinen Pedro ja etwas versprochen!", rief Cobb in die Runde. Er nahm ein Bild von sich, mit seiner Frau und Joe, mit zur Mine. An der Mine angekommen fand er noch etwa eine Handvoll Mexikaner vor. „Ist Mr. Morgeno unter Ihnen?", fragte der Marshal. „Ich bin Jose Morgeno", sagte ein Mann. „Dein Sohn hat mich geschickt. Hier sind 100 Dollar. Zeige ihm dieses Bild und grüße Deinen Sohn von seinem Mr. Marshal."

Abends fielen sich Lydia und John in die Arme. „Was macht unser Sohn?", fragte John. „Er wächst und gedeiht", lachte Lydia.

Viele, viele Jahre war John W. Cobb noch Marshal in Omaha. Jede Menge Abenteuer hatte er noch zu überstehen, denn der Wilde Westen war wild und unberechenbar.
Lydia wurde Schulleiterin. Ihr Sohn Joe wurde in New York Richter. Bei Ausgrabungen im Jahr 2020 fand man nördlich von Omaha den Spezial-Colt und eigenartige, nicht von dieser Erde stammende Patronen, die hochexplosiv waren. Das unterlag der höchsten Geheimhaltung.

Anfang 2021 fand eine Pfadfindergruppe in der Wüste, westlich von Colorado Springs, das UFO. Viele Fernsehsendungen befassen sich heute damit. Fragen über Fragen...

Die Rache des Texas Rangers

Das dunkle Holzschild ragte mitten in der Prärie aus dem Sandboden und reckte sich scheinbar endlos gen Himmel. Der Pfosten und die Bretter waren einst aus schwarz getöntem Eichenholz gefertigt worden. Es war jetzt ein vergilbtes Schild, dem man ansah, dass Wind und Wetter es mürbe gemacht hatten. Von Kerben und Rissen übersät, doch stolz und unbeirrt erstreckte es sich in die Höhe, sodass kein Wanderer umhin kam, es zu bemerken. Gleich ob in tiefster Nacht, im heftigsten Sandsturm oder nun, da die grelle Mittagssonne unbarmherzig herab schien, dieses Schild würde nicht weichen. Schon seit Generationen stand es dort unverändert, und es würde auch in Zukunft dort bleiben. Doch in all den Monaten, den Jahren und Jahrzehnten, in all dieser Zeit war noch nie Jemand so erleichtert gewesen, dass Schild wiederzusehen, wie ich am heutigen Tag.

Als ich es in der Ferne erblickte, machte mein Herz einen Freudensprung. Als ich mich näherte und es in meinem Blickfeld größer und größer wurde, beschleunigte ich taumelnd vor Sehnsucht meine Schritte. Und als ich es endlich erreichte, fiel ich erschöpft vor ihm in den Sand nieder und weinte vor Erleichterung. Ich weinte und weinte, bis die Tränen der Trauer in Strömen meine Wangen hinunter rannen, um mein zerrissenes Hemd und meine zerschlissene Hose zu durchnässen. Ich weinte, und hielt nur inne, um zitternd und keuchend die schneidend heiße Luft in meine Lungen zu saugen.

Ich war hier. Wie niedrig die Chancen auch gewesen waren, wie viel Geld ein kluger Mann auch gegen mich gesetzt hätte, ich war nun hier. Mit zittrigem Blick starrte ich an dem Schild empor, weil ich es selbst kaum fassen konnte, doch auf den Brettern stand in rotbraunen, abblätternden Lettern:

WILLKOMMEN in DAWSON CITY

Ich schluckte aus Reflex, doch meine Kehle blieb trocken. Kein Tropfen war geblieben nach den langen Tagen in der Wüste. Bald versiegten auch meine Tränen, denn es waren keine mehr geblieben, die ich hätte vergießen können. Ich wischte mir mit dem Ärmel das Gesicht ab und zerrte mich wieder auf die Beine. Wer in dieser Stadt lange am Boden liegend verweilte, der blieb auch dort. Das hatte ich schmerzlich lernen müssen.

Mit schweren Schritten schleppte ich mich in Richtung Ortseingang. Meine Sporen klapperten, wenn sie auf dem sandigen Boden auf Steine schlugen. Als ich die Fassade der ersten Holzhütte sah, stockte ich. Hier musste es gewesen sein. Hier waren wir damals in der Stadt angekommen vor 11 Monaten, die mir in der Rückschau wie 11

Stunden erschienen. Ich erinnerte mich genau. Fast war es, als sähe ich die Gestalten von damals genau vor mir.

Vier gut gekleidete, hoch dekorierte Regierungsbeamte auf stolzen Pferden. Hoka Hey, der Araberhengst, auf dem ich gesessen hatte, war fast 10 Dollar wert. Jim, Carlo, Mathew und ich waren heiter rauchend in die Stadt geritten, hatten abschätzig die heruntergekommenen Läden betrachtet und beinahe laut aufgelacht. Wir wussten, dass wir nicht lange hier bleiben würden. Ein reiner Routineauftrag. Nichts Aufregendes.

"Hey Chef!", hatte ich damals noch zu Mathew gerufen, während ich mir eine Zigarette ansteckte. "Was sollen wir hier eigentlich genau machen?"

"Nichts Besonderes", hatte der alte, etwas korpulente Marshal in seinen grauen Bart gemurmelt. "Ein gewisser Mr. Hawkmiller hat uns gerufen. In der Stadt treibt angeblich eine Bande ihr Unwesen und terrorisiert die Bewohner. Dem werden wir nachgehen." Für mich war Mathew nicht nur Chef, er war ein Idol, dieser US Marshal Mathew Brannigan.

Und während meine beiden Kameraden Jim und Carlo fröhlich gescherzt hatten, waren wir in der kühlen Abenddämmerung unserem Chef gefolgt, bis wir über die lange Hauptstraße unser Hotel erreicht hatten.

Als ich nun in der quälenden Hitze der Mittagssonne dem gleichen Weg folgte, da lief ich mit aufgerissenen Augen wie im Traum, wie damals. Und als ich die modrigen Fassaden der Gebäude sah, und mir bewusst wurde, wie viel wir geopfert hatten, um diese Stadt zu beschützen und zu retten, da packte mich die blanke Wut. Da tastete ich an meine Brust, packte meinen Texas Ranger Stern, meinen ganzen Stolz, den ich getragen und gehütet hatte wie einen Schatz, riss ihn mir vom Herzen und schleuderte ihn davon. Wo ich nun hinging, würde ich ihn nicht mehr brauchen.

Erschöpft taumelte ich weiter in Richtung Innenstadt. In der Mittagshitze war kaum ein Mensch auf der Straße. Die Gebäude flogen an meinem Antlitz vorbei wie Schatten, bis ich ihn plötzlich in der Ferne erblickte: Den Saloon. Die drei dunklen Gestalten, die aus der Schwingtüre kamen, bemerkte ich fast nicht, denn hier war der Ort gewesen, wo ich sie damals zum ersten Mal gesehen hatte.

Cathryn... schon ihr Name glitt wie Honig über meine Zunge, und der Anblick ihrer kristallblauen Augen ließ die Farben der Welt ermatten. Ich hatte sie gesehen, als sie mich und Carlo in der Nacht im Saloon bedient hatte. Unsere Blicke hatten sich getroffen nur für einen Moment, in dem tausend Zeitalter vergangen waren. Ihr Lächeln, ihre sanften Züge, die Art wie sie keck die Hand aufhielt, wenn sie ein Glas Whisky auf den Tisch stellte, all das schoss direkt in meinen Kopf und in mein Herz. Ich wusste damals nichts von ihr. Nicht dass sie Geige spielte, nicht dass sie Zuckerkuchen liebte, und nicht dass sie Mr. Hawkmillers Tochter war. Ich wusste nur eins: Ich musste sie wieder sehen.

Mein Herz hatte gerast, als sie lächelnd in einem wunderschönen roten Kleid aus der Türe ihres Hauses gekommen war, um mit mir in einem kleinen Restaurant der Stadt essen zu gehen.

Noch mehr raste es, als wir gemeinsam in die Berge ritten, und auf einem Gipfel sitzend Hand in Hand die Sterne beobachteten. Doch als ich eines Morgens in ihrer Kammer aufwachte, sie lächelnd neben mir schlafend beobachtete und ihr sanft das Amulett meiner Mutter um den Hals legte, da raste mein Herz nicht. Da schlug es ganz langsam und regelmäßig, weil ich spürte, dass ich nach all den Jahren zur Ruhe kam und endlich zu Hause angekommen war.

Heute, an diesem verfluchten, gottverlassenen Tag irrte ich nun verloren in der Sonnenhitze durch die Stadt und näherte mich dem Saloon. Kaum aber war ich auf einige Meter herangekommen, da erkannte ich plötzlich die dunklen Gestalten. Diese drei Männer hatte ich schon einmal gesehen. Das würde ihnen jetzt zum Verhängnis werden. Geistesgegenwärtig zerrte ich den rostigen Revolver aus meinem Gürtel. Der Vorderste von den dreien erkannte mich noch, und sein Gesicht verzog sich zu einer erschrockenen Fratze, als ich meinen Lauf auf ihn richtete und abdrückte.

Zuckend verkrampften sich ihre Arme, als die drei Bastarde laut schreiend zu Boden stürzten. Ironie des Schicksals. An dem Gebäude gegenüber auf der anderen Straßenseite hatte ich die Jungs vor einer Woche zum ersten Mal gesehen.

Wir waren damals in Mr. Hawkmillers Farmhaus. Mathew, Carlo, Jim und ich hatten uns angehört, was der alte Plantagenbesitzer zu sagen hatte. Genau genommen hatte ich nur mit einem Ohr zugehört, denn meine Aufmerksamkeit war eher auf Cathryn gerichtet, die uns Getränke brachte.

"Das Problem in dieser Stadt ist Jeff Markweid!", hatte Mr. Hawkmiller laut ausgerufen und mit der Faust auf den Tisch geschlagen. "Er und seine Gangsterbande machen die ganze Gegend unsicher. Sie bedrohen die Bürger, legen Brände an ihren Häusern. Und wenn sie getötet wurden oder vor dem Terror aus der Stadt geflohen sind, kauft er ihre Grundstücke billig auf."

Mathew hatte ihn nachdenklich angeschaut und versuchte mit aller gebotenen Höflichkeit auf die Vorwürfe zu reagieren: "Hmmm... nehmen wir einmal an, sie hätten Recht. Könnten sie sich dann vorstellen, warum Mr. Markweid so viele Immobilien in der Stadt an sich bringt?"

"Keine Ahnung", schnaubte er. "Aber was auch immer er vorhat, er holt sich mehr und mehr Leute dafür. Er hat fast eine kleine Privatarmee gebildet. Und der Sheriff steht auch auf seiner Gehaltsliste."

Mathew hatte eine ganze Weile überlegt und schließlich zu uns dreien gesagt: "Ihr versteckt Euch heute Nacht in der Stadt und schaut Euch etwas um."

Das hatten wir auch getan. Die ganze Nacht waren wir auf dem Dach des Saloons gesessen und hatten gewartet. Um kurz vor Mitternacht war es dann geschehen. Drei Angestellte von Markweid waren gekommen und hatten versucht das Haus gegenüber in Brandt zu stecken. Als wir sie aus dem Hinterhalt überraschten, hatten sie sich fast in die Hosen geschissen. Markweid selbst, ein feiner Pinkel mit weißem Hemd, schwarzer Weste und einem Zylinder hatte uns zusammen mit seinem narbengesichtigen Vorarbeiter zugeschaut, als wir die Jungs ins Gefängnis verfrachtet hatten. Lange waren sie da wohl nicht geblieben.

Ganz vorsichtig näherte ich mich den drei Leichen, die da vor dem Saloon-Eingang lagen. Angespannt richtete ich meine Waffe auf die Daliegenden, immer darauf gefasst, dass sie gleich aufspringen und mir an die Gurgel gehen könnten. Doch als ich ihre leblosen Körper mit dem Lauf meiner Pistole anstieß, regte sich nichts. Plötzlich erblickte ich erstaunt, dass einer der drei einen Pistolengurt trug, der mir bekannt vorkam. Es war der Gürtel eines Marshals aus schwarzem Leder und mit Gürtelschnalle in Form eines Sterns. Angenehm überrascht öffnete ich ihn und legte ihn mir selbst an. Mit einem behänden Griff zog ich den polierten, silbrig glänzenden Colt aus der Tasche. U.S. State of Texas war in den Lauf eingraviert. Darunter eine Blume, die mit einem Messer ins kalte Metall geschnitzt worden war. Der Colt hatte also mir gehört. Diese Art von Waffe in der Hand zu spüren, fühlte sich gut an. Wie alle Marshals und Ranger in Texas, die solch einen Colt erhielten, hatte auch ich ihn für eine Ewigkeit am Gürtel getragen. Traurig dachte ich zurück, wie ich meinen bekommen hatte.

So euphorisch wie nie zuvor war Mathew an diesem Tag zu mir gekommen. Die weißen und grauen Strähnen, die schon in seinem schwarzen Bart sprießten, verblassten hinter der strahlenden Mine.

"Ich hab's geschafft, Partner!", hatte er freudig ausgerufen. "Du reitest ab heute offiziell mit mir, als Texas Ranger!" Ich bin erst seit kurzer Zeit Texas Ranger gewesen. Und ungläubig waren meine Finger die lange, filigrane Waffe entlang gefahren, die mir mein Freund und Mentor überreicht hatte. Es war eine wunderbare Pistole. Jedes Detail, jedes Einzelteil mit Sorgfalt gefertigt. Sie tragen zu dürfen war eine Ehre, eine Auszeichnung. Und stolz hatte ich damals Abzeichen und Waffe entgegen genommen.

Mathew, er war wie ein Vater für mich gewesen. Ich gedachte noch an den Moment, in dem ich ihn zum ersten Mal gesehen hatte. Er, der edle, sauber gekleidete Marshal in den besten Jahren, und ich, der ehemals wilde Junge, der aus dem Waisenhaus geflohen war und sich in den Straßen von Boston durchschlug.

"Sag' mal Kleiner", hatte Mathew gefragt und mich dabei ungläubig angestarrt, "hast Du die Vier wirklich ganz alleine vermöbelt?"

Schuldbewusst schaute ich auf die ohnmächtigen Männer, die in weitem Kreis um mich auf dem Boden lagen. Ich hatte Angst gehabt, dass Mathew mich anschreien und schimpfen würde. Doch er lachte nur laut und herzlich, bevor er sagte: "Kleiner, Dich kann ich gebrauchen."

Und in all den Jahren war ich ihm treu. Ich erinnerte mich an die nachdenkliche und konzentrierte Art, mit der er die Stirn in Falten gezogen hatte, wenn er über etwas nachdachte. Ich erinnerte mich an sein lautes und herzliches Lachen, das aus tiefster Kehle kam und einen ganzen Raum anstecken konnte. Und ich erinnerte mich daran, wie ich ihn zuletzt gesehen hatte: Heftiger Lärm war überall im Haus zu hören gewesen, als Markweids Männer mich auf den Boden des Flures gestoßen hatten. Verzweifelt hatte ich an den Fesseln um meine Handgelenke gerissen, als ich plötzlich durch einen Türspalt in Mathews Zimmer blicken musste. Da lag der alte, stolze Marshal mit panisch verzerrtem Gesicht auf seinem Bett und schrie: "Dann schießt endlich, Ihr Schweine!", bevor ein halbes Dutzend Schüsse ihn traf und er leblos zusammen sank.

Elf Monate war das nun her. Und der verfluchte Sand auf der Hauptstraße war immer noch der Selbe wie damals. Die selben Fässer und auch die selben Pferdekutschen standen in der Sonne. Der gleiche Wind fegte in Böen durch das Städtchen. Alles war geblieben wie es war. Und dennoch hatte sich alles verändert.

Meine Sporen klackerten wieder, als meine Stiefel auf die Straße traten. Die hölzernen Bürgersteige waren wie leer gefegt. Wer nicht ohnehin schon unter einem Dach Schutz vor der brennenden Sonne gesucht hatte, war durch meine Pistolenschüsse aufgeschreckt worden und schnell in eine offene Türe geeilt. Als ich weiter die Straße entlang wankte, sah ich, wie eine verstörte Frau hektisch die Türe der Telegrafenstation aufriss und hinein eilte. Wieder

Ironie des Schicksals. Auch dort waren wir gewesen.

"Habe ich es doch gewusst", hatte Mathew laut ausgerufen, als er das weiße Blatt, das der Telegraf ihm gegeben hatte, überflog. Triumphierend hatte er sich zu mir und Carlo umgedreht und mit dem Finger auf eine Textstelle gedeutet. "Laut dieser Auskunft der Eisenbahngesellschaft ist es genauso, wie ich es vermutet hatte. Die Company plant eine neue Strecke zu bauen, die exakt durch dieses Städtchen führen soll. Deswegen versucht Markweid sich so viele Grundstücke unter den Nagel zu reißen. Er will sie gewinnbringend an die Eisenbahn verkaufen."

Mit vollem Elan ging er auf die Türe zu. "Wir müssen etwas unternehmen!"

Stumm hatte ich das Telegrafenbüro passiert und danach den Hufschmied, die Arztpraxis und den Bestatter. Alle hatten sich in ihren Häusern verzogen, weil sie spürten, dass etwas in der Luft lag. Der Weg führte mich weiter in Richtung Stadtmitte. Meine Beine, Arme und Gelenke schmerzten, und die Erschöpfung ließ ab und zu die Welt um mich verschwimmen. Doch ich behielt die Augenlider weit aufgerissen, damit ich kein noch so winziges Detail übersah. Wenn mir nur ein einziger Feind, nur eine einzige Gefahr entging, war ich des Todes. Ich musste mich daran gewöhnen. Ich war allein. Nicht mehr in der Gruppe von damals, in der ich mich so routiniert und so stark gefühlt hatte. Nicht mehr mit Mathew, der mit seiner Anwesenheit jedem Kraft und Zutrauen hatte spenden können.

An dem Tag, an dem wir beim Telegrafen gewesen waren, hatten wir abends alle zusammen in Mr. Hawkmillers Küche gesessen. Benjamin, der junge Diener hatte uns Tee gekocht und Mathew hatte die Lage erklärt:

"Freunde, wir schweben alle in größter Gefahr. Das hier ist das größte Haus auf dem größten Stück Land, das Markweid sich noch unter den Nagel gerissen hat. Und die Eisenbahnlinie soll genau hier durchgehen."

"Vergessen sie es!", hatte Hawkmiller geschrien. "Ich verkaufe mein Land nicht. Hier haben schon meine Vorfahren gelebt!"

"Wir stellen ab jetzt jede Nacht Wachen auf", fuhr Mathew fort. Seine entschlossene Stimme füllte unsere Herzen mit Zuversicht. "Und gleich morgen früh reitet Jimmy los zum Fort der 14. Kavallerie. Wir werden Verstärkung brauchen, um diesen Hund und seine Leute auszuräuchern." Jimmy, Carlo, Cahtryn, Mr. Hakwmeyer, ich und auch der kleine Benjamin hatten eifrig zustimmend genickt. Zusammen würden wir es schon schaffen... dachten wir.

Und als ich nun einsam, in der prallen Sonne an den Fassaden der vorgeblich entvölkerten Stadt vorbei lief, da sah ich ihn plötzlich. Nichtsahnend kam Benjamin aus dem Grocer's Shop und pfiff ein Lied. Ich habe sein verfluchtes Gesicht mein Lebtag nicht mehr vergessen. Als er mich sah, stockte sein Atem, und kreidebleich starrte er mich an. Er begann zu rennen. Ich hinterher! Er sollte mir nicht entkommen. Aus dem Laufen heraus zog ich meine Pistole und schoss gegen seine Beine. Mit einem herzzerreißenden Schrei stürzte er zu Boden und hielt sich das linke, durchschossene Knie. Als ich über ihm stand, schaute er mich mit angsterfüllten Augen an und rief: "Bitte Sir! Bitte! Tun Sie mir Nichts! Ich wollte doch nicht..."

Ein heftiger Faustschlag unterbrach das Gewimmer. Der kleinen Ratte flogen zwei Zähne aus dem Mund. Drei verfluchte Tage lang war ich gelaufen, bis ich geglaubt hatte keinen Funken Kraft mehr im Körper zu haben. Doch nun trieb mich nichts mehr an als die blanke Wut. Ich schrie, während meine Faust wieder und wieder in sein Gesicht schlug und Blut sich in seine Tränen mischte. Immer wieder hob ich auf das Gesicht ein, das für immer in mein Gedächtnis eingebrannt war.

Sie waren mitten in der Nacht gekommen. Verschlafen hatte ich im Bett meine Augen aufgerissen, als mir schon der Griff eines Gewehrs entgegen schlug. Cathryn kreischte laut, als sie sie neben mir aus dem Bett rissen und halb nackt die Treppe hinunter trieben. Geistesgegenwärtig schlug ich zwei von ihnen zu Boden, bevor der Dritte mich zu Boden riss. Mit gefesselten Armen und Beinen schleiften sie mich über den Holzflurboden, wo mir das Herz zerbrach, als ich sehen musste, wie Mathew in seinem Zimmer starb. Polternd stießen mich die Handlanger die Treppe hinunter, worauf mir das blanke Entsetzen in die Augen stieg. Am Küchenfenster im Erdgeschoss lag Carlo, der mit seiner Flinte Wache gehalten hatte. Irgendjemand innerhalb des Hauses hatte ihm hinterrücks ein Messer in den Rücken gerammt, noch bevor er Alarm schlagen konnte.

Und als ich durch die Eingangstüre gestoßen wurde und mit dem Gesicht im schmutzigen Sand landete, da hörte ich die Stimme von Mr. Markweid.

"Ihr Marshals haltet Euch wohl für ganz schön schlau, was?", lachte er, und als ich meinen Kopf hob sah ich die etwas dickliche Gestalt, die in sauberen, geschniegelten Lederstiefeln, schwarzem Frack, weißem Hemd und Zylinder herum stolzierte. "Wir Dorftrottel haben aber auch ein paar Tricks auf Lager. Ich stelle mir das folgendermaßen vor: Bei einem tragischen Brand im Hause seines Gastgebers sind der Marshal und seine Leute leider verstorben. Unglücklicherweise muss die Ermittlung dadurch unterbrochen werden, und erst der neue Marshal kann sie weiterführen, nachdem der Landverkauf an die Eisenbahngesellschaft schon seit Monaten unter Dach und Fach ist."

Erst jetzt vernahmen meine benommenen Ohren, dass Markweids Männer hinter mir Brandsätze in das Anwesen schleuderten. Er hatte Recht. Die verkohlten Leichen meiner Freunde würde man niemals finden.

„Nach dem tragischen Unfall von Mr. Hawkmiller", fuhr die fette Qualle vergnügt fort, "geht sein ganzer Besitz natürlich an seinen Alleinerben, Miss Cahtryn."

Cathryn, die schreiend und zeternd um sich schlug und trat, wurde hergezerrt. Markweid verzog sein Gesicht zu einem bösen Grinsen und presste ihr einen spitzen Kuss auf die Lippen, um sie zu demütigen.

„Die hübsche Miss Cathryn wird einen Vertrag unterschreiben, mit dem sie mir all ihre Güter übereignet", lachte der Verbrecher, „und was ich danach mit ihr mache, sehen wir dann."

Jetzt kam er zu mir, und beugte sich über mich. „Nur eines ist sicher", presste er verächtlich heraus und spuckte auf mein Gesicht. „Du wirst sie nie wieder bekommen. Dafür werde ich sorgen."

Als er wieder aufstand rief er zu seinen Lakaien: „Schafft ihn in die Berge und erschießt ihn dort. Lasst seine Leiche in irgendeiner Schlucht verschwinden."

Und dann geschah es. Aus den Augenwinkeln sah ich, wie Markweid zu einem jungen Mann ging und ihm ein Bündel mit Geldscheinen in die Hand drückte. Nur für eine Sekunde konnte ich sein Gesicht sehen. Es war Benjamin.

Die verängstige, blutüberströmte Visage, auf die ich in der Hauptstraße einschlug, hatte nur mehr wenig mit dem Gesicht Benjamins zu tun, das sich in meine Erinnerung eingebrannt hatte. Aber ich wusste, dass er es gewesen war, der meine Freunde, meine Geliebte, meine Familie verraten hatte. Das sollte er mir büßen. Er keuchte, als ich schwungvoll mit meinem Stiefel auf seine Brust trat. Blut quoll hervor, als die Sporen sich in sein Fleisch bohrten.

„Ich hoffe", flüsterte meine eigene, mir fremd gewordene Stimme, als ich ihm den Revolver an die Schläfe hielt, „der Teufel stellt in der Hölle noch viel schlimmere Sachen mit dir an."

Seine verstörten, aufgerissenen Augen blickten mich verzweifelt an, als ich abdrückte, und die Kugel mit einem lauten Knall sein Leben beendete.

Erschöpft stand ich wieder auf. Aus den Augenwinkeln konnte ich sehen, dass sich vor dem größten Haus der Stadt ein kleiner Tumult gebildet hatte. Der Lärm meiner Schüsse hatte die Ratten aus dem Nest gelockt. Vor dem riesigen Gebäude, in dem Markweids Büro war, hatten sich seine Männer zusammengerottet.

Bald sahen sie mich kommen. Fünf Männer rannten mir entgegen. Sie trugen lange graue und beige Mäntel, und hatten weite Cowboyhüte ins Gesicht gezogen. Ihre Körpersprache zeigte Entschlossenheit, ihre Blicke schrien nach Mord. Das Gesicht des Vordersten kannte ich nur zu Gut.

Als das Farmhaus der Hawkmillers niedergebrannt war, und alle, die mir etwas bedeuteten, tot oder gefangen waren, hatten zwei von Markweids Männern mich in die Berge gebracht. Die beiden waren auf hohen Pferden vorangeritten und hatten mich in Fesseln hinter sich her geschleift. Mal war ich gelaufen, mal gestolpert und über den heißen Sand gezogen worden. Die festen Stricke hatten an meinen Gelenken gescheuert, meine geschundenen Knochen und mein ganzer Körper geschmerzt. Nach Luft und Wasser dürstend, hatte ich gestöhnt und geweint, während sie mich durch die Prärie geführt hatten, bevor wir schließlich den rauen felsigen Weg in die Berge erreichten. „Hey Will, was ist denn mit unserem Freund, dem Texas Ranger los?", fragte der eine hämisch den anderen.

„Keine Ahnung", erwiderte der mit gespielter Lässigkeit, und drehte sich eine Zigarette, „er sollte sich vielleicht etwas hinlegen. Das hilft bei solchen Verletzungen." Beide lachten ausgelassen.

Als wir den steilen Weg ins Hochgebirge hinauf liefen und meine Beine fast nicht mehr weiter wollten, da hatte ich jede Hoffnung und jeden Lebenswillen verloren. Warum töteten sie mich nicht gleich hier und schleppten dann meine Leiche in die Höhe?

Aber dann kam es mir mit einem Mal zu Bewusstsein. Ich war zu müde, zu gequält, zu erschöpft gewesen, um es zu bemerken, aber jetzt sah ich ihn. Ein kleiner, zierlicher, unscheinbarer Riss war in dem dicken Tau entstanden, mit dem ich gefesselt war, und er breitete sich rasch zu beiden Seiten aus. Das war meine Chance.

Schon bogen wir wieder um einen Felsen, und unser schmaler Weg führte uns rechts an einem tiefen Flusstal vorbei. Das laute Rauschen eines riesigen Wasserfalls, auf den wir zusteuerten, dröhnte in den Ohren, und übertönte jeden anderen Laut. Wenn ich noch eine Chance hatte, dann in diesem Flusstal.

Ich schleppte mich voran und wartete auf meine Gelegenheit. Meine beiden Wächter waren guter Dinge, weil wir bald unser Ziel erreicht hatten. Sie würden gleich ihr blaues Wunder erleben.

Mit letzter Kraft rannte ich plötzlich los, packte mit den zusammen gefesselten Händen das Tau und stürzte mich über die Klippe hinab in die

Schlucht. Im endlosen Fallen sah ich meine beiden Verfolger, wie sie mir fassungslos hinterher starrten. Mit einem Ruck riss das Seil, das meine Hände fesselte, und ich prallte rücklings auf die glatte Wasseroberfläche, bevor ich in dem kalten nass versank und ohnmächtig wurde. Das letzte Bild bevor ich die Besinnung verlor, waren die beiden Gesichter, die mir von der Klippe aus nachschauten.

Diese beiden Gesichter erkannte ich nun, als die Fünfergruppe mit erhobenen Colts auf mich zulief. Blitzschnell zog ich meine beiden Revolver hervor und begann zu feuern. Mit meinem ersten Schuss zersplitterte ich die Fensterscheibe links von mir und die Stirn des dahinter versteckten Mannes, der geglaubt hatte, ich sähe ihn nicht. Im Glanz der umherwirbelnden Glasscheiben ließ ich den Angreifern einen Kugelhagel aus den Mündungen meiner Pistolenläufe entgegen-kommen. Auch sie schossen, ich war zu flink, um getroffen zu werden. Zwei fällte ich mit präzisen Kopfschüssen, einen weiteren indem ich ihm den Griff meines Revolvers ins Gesicht schlug. Und als ich auf die beiden verbliebenen Männer feuerte, denen ich damals in den Bergen entkommen war, da tauchte auf ihren Minen wieder der entsetzte Gesichtsausdruck von damals auf. Entgeistert starrte der eine von ihnen mich an, als der rote Fleck auf dem Hemd über seiner Brust größer und größer wurde.

Ich packte ihn am Kragen und raunte: „Vielleicht solltest du dich etwas hinlegen. Das hilft bei solchen Verletzungen." Mit einem Stoß warf ich ihn in den Sand.

„W-w-wie...", keuchte der andere, der eingeknickt war und sich fieberhaft die linke, blutende Seite hielt, „wie zum Teufel hast du den Sturz überlebt?"

Wie hatte ich überlebt? Das war eine gute Frage. Als ich in der Schlucht auf die Wasseroberfläche geknallt und in den Tiefen des Flusses versunken war, hätte ich schwören können, dass meine letztes Stündlein geschlagen hätte. Die reißende Strömung hatte mich mit sich davon gerissen und mich zum Spielball ihrer Wogen gemacht. Nur halb bei Bewusstsein hatte ich kaum meine gefesselten Arme und Beine bewegen können, um nicht unterzugehen. Irgendwann hatte ich all meine Entschlossenheit verloren und mich mit dem Gedanken angefreundet, dass die Flucht meine letzte Großtat gewesen sein würde. Ein letztes Mal spülte mich die Strömung nach oben, bevor ich hinabgerissen und in die Tiefe gezogen wurde. Mit weit geöffneten Augen doch fast ohne Besinnung sah ich, wie die Wasseroberfläche über mir in immer weitere Ferne entrückte. Langsam, aber ungehindert, sank ich in Richtung Grund. Dort wartete mein Ende auf mich.

Urplötzlich stieß ein nackter Arm ins Wasser, packte meine Hand und zerrte mich mit einem festen Ruck gen Himmel. Als mein Kopf mit einem heftigen Schlag die Wasseroberfläche durchbrach, prustete ich, und frische Luft füllte meine vor Leere brennenden Lungen. Zwischen Wachheit und Bewusstlosigkeit verschmolzen die Farben und Eindrücke vor meinen Augen. Ich, der Fluss, die Wälder, die Berge und die untergehende Sonne, alles war im Grunde genommen ein und dasselbe. Und bevor mein Geist in die Ohnmacht abglitt, sah ich verschwommen das narbige, braun gebrannte Gesicht eines Ureinwohners, auf dessen unbeweglicher Mine so etwas wie Sorge seinen Ausdruck fand.

Meine Erinnerungen an die folgenden Tage waren nur bruchstückhaft. Mal hatten meine Augen sich geöffnet, als der Indianer mich auf dem Rücken getragen hatte, mal, als ich im Zelt lag und nur die bemalten Lederwände anstarren konnte, bevor ich wieder einschlief. Mal spürte ich, wie eine Squaw sanft meinen verletzten Hinterkopf anhob, um mir aus einem Tonkrug Wasser zu verabreichen, mal sah ich für eine Sekunde, wie eine Gruppe von Stammesmitgliedern um mich herum standen, und etwas über mich zu beratschlagen schienen. Erst nach einer langen Zeit, die ich aus der Rückschau auf neun Tage und Nächte beziffern kann, wachte ich auf meiner Liege im Zelt auf und war bei vollem Bewusstsein. Schweißgebadet schnellte ich hoch, rang nach Luft und brauchte einige Sekunden, bis ich verstand, wo ich war. Der Stammeskrieger, der mich gerettet hatte, kniete neben mir. Gott weiß, wie er hatte erraten können, wann ich aufwachte, doch es schien, als hätte er darauf gewartet.

„Apenimon", sagte er, legte die Hand auf seine Brust und verbeugte sich höflich. Ich vermutete, dass das sein Name war. Sicher war ich mir nicht.

„Sehr erfreut", stöhnte ich und merkte sofort wieder, wie sehr mein Schädel dröhnte. Apenimon halft mir auf, brachte mich aus dem Zelt und führte mich durch das Lager, dass aus dutzende Tipis bestand, die hier auf der großen Lichtung mitten im Wald aufgeschlagen waren. Ich fragte mich, wie eine so große Siedlung den Behörden verborgen geblieben sein konnte. Wir befanden uns nämlich meilenweit vom nächsten Indianerreservat entfernt. Trotzdem herrschte ein reges Treiben. Frauen wuschen ihre Kleidung im Bach, Kinder tollten herum, ältere Indianer saßen vor ihren Zelten und waren mit Handarbeiten beschäftigt.

Als wir das Lager durchwandert hatten, setzten wir uns an einen kleinen Platz, der, wenn es kälter wurde, wohl als Feuerstelle diente, und Apenimon holte einige Fladenbrote hervor. Völlig ausgehungert nach all den Strapazen nahm ich gierig davon, stopfte mir zu Essen in den Mund und schlang es hinunter. Doch als ich unter Apenimons belustigten Blicken gegessen hatte, da stieg mir die Scham ins Gesicht. Womit hatte ich verdient, dass diese Leute sich so um mich kümmerten? Ich schüttelte verwundert den Kopf und rang mit den Tränen.

„Danke", presste ich heraus, „hab' vielen Dank." Apenimon lächelte nur. Er hatte womöglich kein einziges Wort verstanden.

„Hör mir zu", sagte ich zu ihm und deutete mit der ausgestreckten Hand hinter die Berge, „dorthin muss ich zurück."

Der Ureinwohner nickte. Er stand auf, und führte mich zu einem Bach, wo meine gewaschenen Kleider lagen. Als ich sie angelegt hatte, verließen wir das Lager und gingen in den dunklen Wald. Ich selbst hätte hier sicher die Orientierung verloren und mich hoffnungslos verirrt, doch Apenimon schien genau zu wissen, wohin er wollte. Nach einem langen Marsch erreichten wir eine Schlucht, die zwischen den Bergen hindurch führte. Dort blieb er stehen und deutete auf sie. Ich nickte langsam.

„Hab' vielen Dank, Apenimon", sagte ich, und er lächelte freundlich, bevor er in den Wald zurückkehrte.

Ich aber begann der Schlucht zu folgen. Nur für einen Moment schaute ich zurück auf den friedlichen und geruhsamen Ort, den ich nun verlassen würde. Hätten die Indianer gewusst, welche Schrecken sie heraufbeschworen hatten, indem sie mir das Leben schenkten, sie hätten mich vielleicht sterben lassen. Denn nun würde ich Rache nehmen, Rache an denen, die für mein Leiden verantwortlich waren. Zielsicher stapfte ich los. Meine Entschlossenheit wurde erst gedämpft, als ich dem Weg einige Stunden gefolgt war, und einen alten, toten Trapper verdurstet am Wegesrand liegen sah.

„Da hast du mir ja einen schönen Weg gewiesen, Apenimon", seufzte ich, riss dem Mann Mantel, Hut und Revolver vom Leib und legte sie mir selbst an. Dann ging ich weiter. Schritt für Schritt. Niemand würde mich auf meinem Weg aufhalten.

Und das hatte auch niemand getan. Der Weg hatte mich über die Berge, quer durch die Prärie, zurück in die Stadt und letztendlich dorthin geführt, wo ich war: Inmitten der Hauptstraße umgeben von Leichen.

Dann sah ich ihn aus den Winkeln meiner Pupillen. Er war aus Markweids Haus gekommen, und rannte geradewegs auf mich zu. Seine langen, struppigen, braunen Haare wehten mit jeder Bewegung. Sein Hut und sein Mantel waren schmutzig und eingefärbt vom Sand der Prärie, so wie die meinen. Auf seinem Gesicht, das von einer langen, tiefen Narbe auf der linken Wange völlig entstellt war, zeigte sich ein Lächeln. Es gab nur wenige Männer, die sich freuten, wenn sie bald einen Mann töten konnten. Scarmara war einer von ihnen.

„Dieser Typ ist absolut irre", hatte Carlo damals in der Garnison der Kavallerie zu mir gesagt, als ich frisch bei den Marshalls angefangen hatte. Kopfschüttelnd hatte er seine Zigarette aus dem Mund genommen, auf das Portrait des Steckbriefs in seiner Hand getippt und gesagt: „Daniel Namara ist wahnsinnig. Vor drei Jahren hat der Gouverneur ihn begnadigt, weil er ein paar Leute verpfiffen hat. Seither ist er als Kopfgeldjäger unterwegs. Bringt nie irgendjemanden lebendig zurück. Der Kerl ist einer der schnellsten Schützen, die der Westen je gesehen hat."

„Wegen der Narbe in seinem Gesicht nennen sie ihn Scarmara", hatte Cathryn mir besorgt verraten, als wir gemeinsam Hand in Hand in den Bergen saßen. "Sei bloß auf der Hut. Er ist der stärkste und brutalste von Markweids Männern."

„Ich an deiner Stelle wäre vorsichtig", hatte Scarmara selbst mir mit seiner pfeifend krächzenden Stimme nachgerufen, als ich, Jim und Carlo den Saloon verließen, nachdem ich Cathryn dort besucht hatte. „Es gibt einflussreichere Leute als dich, die ein Auge auf diese Schönheit geworfen haben."

Als ich über den Holzflur in Hawkmillers Haus geschleift worden war, hatte ich durch einen Spalt sehen müssen, wie Mathew, der wie ein Vater für mich war, mit gezielten Schüssen niedergestreckt wurde. Als Markweids Männer mich noch ein Stück weiter zogen, sah ich, wer Mathews Bett mit Kugeln durchlöchert hatte. Die wohlbekannte, vernarbte Gestalt grinste mich an. Und als ich draußen im Dreck lag, und Markweid seinen langen, hämischen Monolog beendet hatte, da trat auf einmal Scarmara vor und schlug mir mit dem Griff seines Gewehres auf den Hinterkopf, sodass ich das Bewusstsein verlor.

Da war er nun. Die wandelnde Pest. Das wandelnde Böse. Der, der alle getötet hatte, die mir etwas bedeutet hatten. Er stand für alles, was ich auf dieser Welt verachtete. Mein grenzenloser Hass ließ mein Blut in meinen Venen pochen.

„Scarmara!", brüllte ich aus voller Kehle.

Wie ich diese Ausgeburt der Hölle verachtete. Ich wollte, dass er verreckte, verendete, vom Antlitz dieser Erde verschwand. Jede Emotion, jeder Gedanke, jede Faser meines Bewusstseins war nur noch von einem Wunsch erfüllt: Ihn endlich zu töten!

Da stand er nun. Hämisch lächelnd winkte er seinen Kameraden zu und signalisierte ihnen, zurückzubleiben. Er wollte das hier selbst zu Ende bringen. Umso besser. So standen wir uns gegenüber. Ich und er. Er und ich. Beide wussten wir, dass nur einer von uns diesen Moment überstehen würde, dass einer von uns sterben musste, damit der andere leben konnte. „Dann zieh', du kleiner Wicht, du mieser Texas Ranger", murmelte er. Angestrengt versuchten wir nicht zu blinzeln, nichts zu tun, was dem Gegenüber den Schein von Nervosität vermittelte. Beide waren wir bis zum Zerreißen angespannt. Der Wille zu töten und der Wille zu leben verbanden sich in unseren Köpfen zu einem einzigen Gedanken. Fest entschlossen starrten wir uns an. Die ganze Umgebung, der Sand, die Hauptstraße, die Holzhütten, der blaue Himmel, die helle Sonnenscheibe, all das verschwamm zu einem farbigen Lichtgemisch, vor dessen Hintergrund wir uns gegenüberstanden.

Ich zog. Ich schoss. Dieses Mal war es mir egal, wer eher zieht. Dieses Mal wollte ich nur töten. Ich wollte nur meine Leute rächen.

Die zwei Schüsse waren nur Sekundenbruchteile nacheinander losgegangen. Für einen Moment stand ich unschlüssig da. Wenn ich getroffen worden war, dann würde es noch mindestens fünf Sekunden dauern, bis ich den Schmerz spürte. Ich wartete. Doch ich spürte keinen Schmerz. Ich sah nur wie Scarmara ins Taumeln geriet und schließlich vornüber auf die Knie fiel. Bestürzt schaute er an sich herunter und sah, dass das

Hemd an seiner Brust sich langsam rot färbte. In seinem Blick lagen Verzweiflung und Fassungslosigkeit.

„R-R-Ranger", stieß er mit zitternder Stimme hervor, „b-b-bitte mach es schnell. Bring es zu Ende."

Ich fasste es nicht. In seinen letzten Momenten war Scarmara das Monster doch nur ein ganz gewöhnlicher Mensch. Ein Mensch mit gewöhnlichen Bedürfnissen, und gewöhnlichen Wünschen. Ich musste grinsen.

„Vergiss es!", rief ich und schoss dreimal in seinen Bauch. "Viel Spaß beim verbluten."

Entschlossen schritt ich längs an der Gestalt vorbei, die fassungslos in sich zusammensank, um zu verenden. Ich aber wollte weiter. Sofort lud ich den Revolver. Jetzt würde Markweid mir nicht mehr entkommen.

Mit raschen Schritten näherte ich mich dem Anwesen in der Mitte der Stadt. Die Ansammlung von Verbrechern, die sich vor dem Eingangstor gebildet hatte, war mittlerweile nur mehr ein konfuser Hühnerhaufen. Einige starrten zögerlich um sich, andere rannten davon, weil sie nach dem Tod ihres besten Mannes verängstigt waren. Einige wenige griffen halbherzig nach ihren Waffen. Zu langsam für mich.

Als sie mit ansehen mussten, wie vier ihrer Kameraden ächzend zu Boden sackten, war für die übrigen Männer das Maß voll. Sie nahmen Reißaus und stürzten panisch in alle Richtungen. Nur zwei von ihnen rannten zum Seitenausgang und flankierten Markweid, der in seinem schwarzen Jackett, mit Hemd und Zylinder heraus kam, aber gar nicht mehr so selbstsicher wirkte wie vor einigen Tagen.

Hinter sich zerrte er Cathryn her, die sich trotz der engen Fesseln um Arme und Beine wehrte, und versuchte sich loszureißen. Zitternd holte Markweid eine kleine Pistole aus der Innentasche seiner schwarzen Jacke und hielt sie Cathryn an die Schläfe, während er sie rückwärts mit sich zog.

„Keinen Schritt weiter!", brüllte er. „Einen Schritt weiter und ich töte sie!"

Ich löste meinen Pistolengurt und warf den Revolver auf den Boden. Aus dem Gürtel darunter zog ich wieder den alten, rostigen Revolver hervor, den ich dem Trapper abgenommen hatte, denn in dessen Trommel waren noch drei Schuss. Ich schoss zwei Mal.

Das Grauen in Mr. Markweids Gesicht wurde noch größer, als er sah, wie seine beiden letzten Begleiter liquidiert wurden.

„Keinen Schritt weiter!", brüllte er abermals. Da stand ich nun. Nur noch eine einzige Kugel hatte ich im Lauf und ich starrte auf den Mann, der die Wurzel allen Übels gewesen war, der Grund warum mein Leben nie wieder sein würde, wie es vorher gewesen war. Und ich starrte in ihre Augen, die mich mitleidig und verzweifelt anschauten, die mir sagen wollten, dass sie mich liebte, dass sie mit mir leben wollte... und noch so vieles mehr. Nie hatte ich eine Frau wie sie getroffen, nie hatte ich das Gefühl, so schwach, so berauscht zu sein, wie bei ihr. Und nun hielt dieser Bastard ihr eine Waffe an die Stirn. Was sollte ich nun tun?

Damals am Abend vor dem Überfall in Hawkmillers Farm war ich wieder mit Cathryn in die Berge geritten. Wir hatten fest umschlungen auf einem Felsen gesessen und den vollen Mond und die Sterne beobachtet. Ihr Haar hatte so süß geduftet, ihre Augen im Glanz der Sterne geglitzert.

„Es ist schön", hatte sie lächelnd gesagt und dabei das Medaillon mit den Fingern umspielt, das ich ihr geschenkt hatte, „aber die kannten sind ziemlich scharf."

Sie gab mir einen langen Kuss und flüsterte: „Wenn dieser Moment doch niemals enden würde."

Schmunzelnd hatte auch ich ihr einen Kuss auf die Lippen gedrückt. „Was meinst du damit?", fragte ich skeptisch. „Alles muss einmal ein Ende haben."

Und dann hatte sie mir einen dieser langen, bedeutungsvollen Blicke zugeworfen, die ich nur von ihr kannte. Wenn sie einen so ansah, dann musste jedem klar sein, dass das, was sie jetzt sagte, ihr Schicksal war.

„Wenn ich nicht mit dir zusammenbleiben kann, dann will ich sterben", sagte sie ernst und zuversichtlich. Ich umschlang sie gerührt mit beiden Armen, und wir sanken ins Gras.

Jetzt richtete ich eine Waffe auf sie und dachte an jenen Moment zurück. Jetzt war sie fest im Griff von Markweid, er benutzte sie als Schutzschild. Und als ich in ihre Augen sah, da realisierte ich plötzlich, dass auch sie daran denken musste. Traurig aber entschlossen nickte sie mir kaum merklich zu. Mir lief eine vereinzelte Träne die Wange hinunter. Doch ich hob die Hand und fokussierte mein Ziel.

Ihre Augen schlossen sich...

... und geistesgegenwärtig riss sie die Handfesseln auseinander, die sie an den scharfen Kanten des Amuletts aufgescheuert hatte, packte den Lauf, der auf ihren Kopf gerichtet war und schob die Pistole weg von sich, bevor sie knallend losging. Diese Sekunde reichte mir. Zielsicher richtete ich den alten, maroden Lauf der Schusswaffe, die jeden Moment in meiner Hand zerfallen konnte, auf Markweids bestürzte Mine und feuerte. Mit einem lauten Knall zersplitterte seine

Stirn und er wurde rücklings zu Boden geschleudert. Die Tage, in denen er in der Stadt sein Unwesen trieb, waren gezählt. Und jetzt vorbei.

Erschöpft ließ ich meinen Revolver neben mir in den Sand fallen. Ein heftiges Zucken und zittern ging durch meinen ganzen Körper. Meine Arme, meine Beine, all meine Muskeln begannen zu krampfen. Es war wohl nur noch die Erregung und Anstrengung gewesen, die meinen Körper aufrecht gehalten hatten. Nun da mein Ziel erreicht war, brach er ob der grenzenlosen Strapazen zusammen. Doch als ich stürzte und schwer atmend im Sand liegen blieb, da kam Cathryn, die sich ihrer Fesseln entledigt hatte, zu mir gerannt, fiel mir in die Arme und wir küssten uns. Und während wir nach so langer Zeit endlich unsere Liebe genießen konnten, sah man am Horizont Wolken aufsteigen, die der atemlosen Stadt die langersehnte Nässe und Kühlung bringen würden.

**Mein Freund Wyatt Earp beschreibt die
Geschichte einer jungen Schneiderin auf dem Weg
durch Amerika.**

Kapitel 1 - **Über Konstanze, Liebe, die Schneiderei und ihr Schicksal**

Kapitel 2 - **Die Zeit nach Konstanze**

Kapitel 3 - **Über Emmas Auswanderung**

Stammbaum

Konstanze    Robert, Bruder

Emanuel & Konstanze von Beck   Emma, Tochter

Söhne Sigmund & Fritz

Josefine, Tochter ▶ Klara, Angestellte

Johanna, Schulfreundin

Danny, Sohn

Frank, in Klara verliebt

Kaiser Wilhelm der Erste wurde 1871 zum Kaiser ernannt. Ein deutscher Nationalstaat entstand. Durch die Hochindustrialisierung ging es Deutschland recht gut. Das hielt bis zum Ausbruch des ersten Weltkriegs 1914 an. Damals verlor die Monarchie ihre Dominanz durch die soziale Not.

Es gab erst ab 1885 erste Fahrzeuge und dampfbetriebene Straßenbahnen. Pferdekutschen dominierten das Straßenbild.

Berlin 1880

Konstanze sah sehr schön aus in ihrem neuen Kleid. Der Jugendstiel hatte gerade Einzug gehalten und prägte die Modewelt. Ausladende Reifröcke oder Kostüme, sowie überdimensionale Hüte waren hochmodern. Sie wurde 1855 geboren und war nun schon länger eine erfolgreiche Geschäftsfrau. Die Eltern, geboren 1820, legten Konstanze das Schneiderhandwerk in die Wiege. Robert, Konstanzes Bruder, hingegen war eher ein Abenteurer. Er wanderte nach Amerika aus, nachdem seine Frau früh verstarb.

Robert hinterließ Tochter Emma, geboren 1860. Angelockt vom Goldrausch suchte er dort sein Glück. Seine Tochter gab er mit viel Vertrauen in die Hände seiner Schwester, sie sollte ein ordentliches Handwerk erlernen.

Die junge Frau Konstanze hatte Schwierigkeiten ihren Rock zu fassen, schaffte es aber dann doch in die wartende Kutsche einzusteigen. Sie musste schnell ins Geschäft. Konstanze war, wie erwähnt, Inhaberin der kleinen Schneiderei, die bis vor kurzem noch ordentlich Kundschaft hatte.

Selbst Otto von Bismarck hatte schon bei ihr schneidern lassen. Nun ist es sehr ruhig geworden, obwohl es den Leuten nicht schlecht ging. Konstanze selbst hatte sich in einer kleinen Hinterhofwohnung niedergelassen. Das genügte ihr vollkommen, denn sie hatte für sich keine großen Ansprüche. Außerdem war die Wohnung günstig; sie musste sparen wo es nur möglich war. Drei Angestellte, darunter auch Emma, Konstanzes Nichte, waren in ihrem Laden beschäftigt und mussten alle zwei Wochen bezahlt werden. Nun, Emma bekam manchmal etwas später ihren Lohn, Konstanze hoffte, dass sie einmal Mitinhaberin werden würde. Obwohl Emma immer davon sprach, einmal ihrem Vater folgen zu wollen, um Arbeitskleidung in Amerika zu nähen. Dazu aber später mehr...

Potsdamer Platz

Angekommen an ihrem kleinen Laden, sagte Konstanze dem Kutscher, dass er einige Minuten warten möge. Sie stieg nicht aus, sondern beobachtete, wie ein gutgekleideter Herr ihr Geschäft verließ.

Der Anblick des Mannes machte sie stutzig, denn wie lange war es her, als solche Leute sie aufgesucht hatten? Er rief eine Kutsche herbei... weg war er...

Konstanze stieg nun aus und ging in die Schneiderei. „Konstanze, Konstanze, was denkst Du wer gerade hier war?" Lotte konnte vor Aufregung kaum sprechen. „Bitte langsam, Lotte.", sagte Konstanze und Lotte fuhr fort: „Ein Adeliger scheint er zu sein, ein feiner Herr... nur in Seide gekleidet. Er bestellte eine große Menge Gardinen und Brokatvorhänge. In drei Wochen will er alles abholen lassen. Eine großzügige Anzahlung hat er geleistet!" Lotte war immer noch sehr aufgeregt. Als beste Näherin verdiente sie für damalige Verhältnisse recht gut, 100 Mark, das kam schon fast dem Gehalt eines Beamten gleich... Konstanze sagte immer: „Du bist es Wert, darum zahle ich Dir einen guten Lohn."

„Hast Du dir den Namen Herrn aufgeschrieben, Lotte?", bemerkte die Chefin. „Natürlich, er hieß Freiherr von Beck!" „Von der Anzahlung werde ich die Stoffe kaufen, damit wir pünktlich liefern können", sagte Konstanze.

Sie benötigte feinste Seide und Brokatstoffe. Am nächsten Tag fuhr sie nach Paris zu einer befreundeten industriellen Familie, die eine große Weberei besaß und Seide aus Indien bezog. Konstanze bestellte das was sie benötigte und fuhr nach Berlin zurück.

Einige Tage später kam die Ware mit der Bahn und musste vom Personal abgeholt werden. Nun flogen die Stoffe hin und her... es wurde gemessen und genäht... alles musste genau stimmen... keiner durfte sich einen Patzer erlauben, denn die Stoffe waren zu wertvoll.

Einige Wochen später ließ Freiherr von Beck die fertigen Gardinen abholen. Gleichzeitig schickte er an Konstanze eine Einladung um sich für die problemlose und gute Fertigstellung zu bedanken. Auf der Einladung stand

Schloss Britz

„Na, ja, Schaden kann es nicht dieser Einladung zu folgen.", sagte Konstanze. Einige Tage später befand sie sich in bester Gesellschaft wieder. Der preußische Landadel bat zu Tisch. Der Herr des Hauses, Emanuel von Beck, war noch recht jung. Vor einiger Zeit zog er in dieses Schloss, renovierte es aufwändig... die schönen Vorhänge und Gardinen von Konstanze zeigten seinen guten Geschmack.

Der Freiherr wollte viel wissen von Konstanze, ebenso seine Schwester, die das Schloss ebenfalls bewohnte. Das Essen war wunderbar; und der Wein stieg Konstanze in den Kopf.

„Ich werde Sie selbstverständlich mit der Kutsche zurückbringen lassen", sagte von Beck. „Ich fahre gern mit, damit Sie gut ankommen."

Konstanze schämte sich... musste ausgerechnet dieser Mann sehen wo sie wohnte? In einer schäbigen Hinterhofwohnung... nein, das wollte sie auf keinen Fall!

„Ach, wissen Sie, bis zum Potsdamer Platz ist doch nicht so weit, das geht schon, wenn ich allein fahre!"
„Ungern, aber wenn es Ihr Wunsch ist", entgegnete von Beck.

Sie verabschiedeten sich und von Beck bedankte sich nochmals für die wunderbare Arbeit. Geschickt lud er sie zu einer Bootsfahrt ein. Der Langen See war nicht weit vom Schloss entfernt, die wunderbare Seenlandschaft rund um Berlin lädt zum Spaziergang oder zum Rudern ein... Konstanze willigte ein.

Das Glöckchen der Ladentür müsste geölt werden, man nahm sie kaum mehr war. Als Emanuel von Beck eintrat, konnte man aber seine kräftigen Schritte wahrnehmen.

Lotte kam aus der Nähstube nach vorne und wollte wissen, was sie für ihn tun könne. Dieser wollte Konstanze zur Bootsfahrt abholen. „Guten Tag!", meldete sich Konstanze und gab dem Personal Bescheid.

Immer wieder musste Konstanze neuerdings dem Personal unter die Arme greifen, da, oh Wunder, viele Aufträge hereinkamen. Emma war ja noch in der Ausbildung, sie lernte aber schnell. Es musste sich wohl sehr schnell herumgesprochen haben, dass von Beck Kunde bei ihr war.
Den Verdienst, den die Kundschaft brachte, konnte Konstanze dringend gebrauchen.

Sie fuhren mit der Kutsche zum See und genossen den sonnigen Tag. Auf der Heimfahrt schaute Emanuel Konstanze lange an und bemerkte: „Sie sind eine sehr schöne Frau, Konstanze."

Verlegen schaute sie zur Seite und antwortete nicht. Nachdem sie am Potsdamer Platz angekommen sind, verabschiedeten sie sich. Sie traute sich nicht ihm in die Augen zu sehen, so verlegen hat sie Emanuel gemacht. Schnell stieg sie aus und verschwand im Laden.

Von Beck war ein Mensch, der sich nie auf die faule Haut gelegt hatte; er angergierte sich in der Industrie und im Bergbau. Über Arbeit konnte er sich nicht beklagen, schließlich musste das Schloss finanziert werden. Was nutzte ihm der Adelstitel, wenn er ein armer Schlucker war.

Konstanze arbeitete mit Lotte und den beiden anderen Frauen ununterbrochen. Es wurde gemessen, zurechtgeschnitten und genäht. Die feinen Damen und Herren der Gesellschaft kamen gern zur Anprobe oder bestellten Stoffe.

Über Aufträge konnte sich Konstanze nicht beklagen, das war auch gut so, so konnte sie die Löhne pünktlich bezahlen. Die Ladenmiete war auch nicht billig... nach langer Durststrecke konnte Konstanze nun endlich aufatmen! Selbst für den Leierkastenmann, der sich seit einigen Tagen vor dem Laden platzierte, fiel immer etwas ab.

Nach ein paar Wochen meldete sich Freiherr von Beck wieder bei Konstanze. Er kam, wie immer nicht lautlos, in den Laden gelaufen und rief voller Freude: „Fräulein Konstanze, ich bin es, Emanuel!" Sie hörte es nicht, denn sie war gerade damit beschäftigt ihre neuste Errungenschaft auszupacken... eine neue Nähmaschine! Es war ihre erste Nähmaschine, eine Opel, auf die Konstanze sehr stolz war... nun konnte sie noch schneller arbeiten.

Immer wieder rief von Beck: „Konstanze, ich bin es, Emanuel!" Endlich reagierte sie und kam in den Laden.

„Guten Tag, Emanuel, kann ich etwas für Sie tun?"
„Nein... oder doch!" Er wusste nicht wie er beginnen sollte... „Ich möchte mit Ihnen nach Luisenstadt fahren und Sie ins Theater einladen." Schon wieder eine Einladung, dachte sie... sie wurde rot. Was bezweckte er damit? „Ja, gern, Emanuel."

„Jetzt Sonntag!" Emanuel freute sich. Von Beck weiter: „Fräulein Konstanze, ich habe gehört, dass der Mietshausbau in Charlottenburg floriert, ich könnte Ihnen in einer besseren Umgebung eine Wohnung besorgen. Außerdem bin ich mit dem Bürgermeister Fritsche sehr bekannt." „Sie meinen es sicher gut mit mir, aber ich möchte hier nicht weg, ich bin hier aufgewachsen und meine Kundschaft wohnt hier."

Am Sonntag fuhren sie gemütlich mit der Kutsche nach Luisenstadt ins Zentral Theater. Eine wunderbare Aufführung bei der sich auch Konstanze und Emanuel näher kamen. Plötzlich saßen sie ganz eng beieinander. Ungewollt berührten sich ihre Hände... erschrocken zog Konstanze ihre Hand zurück. Aber Emanuel zog sie wieder an sich und küsste ihre Hand... sah sie an... ihre Blicke trafen sich.

Von diesem Augenblick an begann eine Romanze.

Nach wie vor trafen sie sich. Die Schneiderei lief gut. Viele Menschen zogen hierher, auch sie wurden Kunden der Schneiderei. Dem Leierkastenmann ging es ebenfalls recht gut. Von den Groschen, die er bekam, konnte er

gut leben. Von jetzt an sollte sich alles ändern.
Auch Emma bekam nun immer pünktlich ihren Lohn.
Sie suchte in ihrer Freizeit viele Informationen über
Jeans. So konnte sie ihre Tante aufklären: „Der Ursprung
waren Hosen aus Baumwolle, die aus der Gegend um die
italienische Stadt Genua in die USA kamen. Aus der

französischen Form des Städtenamens Gênes entwickelte sich in Amerika die Aussprache „Jeans". Levi Strauss, der in Franken geboren wurde und als Auswanderer 1847 nach San Francisco ging, fertigte für Goldgräber diese robuste Arbeitsbekleidung. Vater trägt sie bestimmt ebenfalls."
Konstanze hörte aufmerksam zu und merkte, dass
Emma doch einmal einen anderen Weg einschlagen
würde. „Übrigens, liebe Tante, die Gênes ist aus dem
Stoff „Serge de Nîmes" (Gewebe aus der Stadt Nîmes),
kurz Denim Jeans. Ist das nicht alles interessant?"
Ihre Tante stimmte zu.

Regelmäßig fuhr Konstanze nun mit dem Zug nach Frankreich um Stoffe zu kaufen. Auch an diesem Tag... ausgerechnet jetzt... inmitten des Erfolgs, geschah das Unfassbare... Sie wollte gerade in den Zug einsteigen und machte einen Fehltritt... sie fiel... der Zug kam in Fahrt und, wie furchtbar, er fuhr über ihre Beine... es war grausam.

Man brachte sie in eine Krankenanstalt. Der behandelnde Arzt sagte nur: „Mein Gott, so eine junge Frau." Die Operation dauerte sehr lange. Am nächsten Tag konnte der Arzt Konstanze mitteilen, dass sie ihr Beine zwar behalten kann, jedoch die Nerven geschädigt sind, so dass sie nie wieder laufen könne.

Konstanze weinte unaufhörlich. Eine Welt brach für sie zusammen. Ihre Schneiderei... ihre Wohnung, in der sie sich so wohl gefühlt hatte... was soll nun werden?

Sie musste stark sein, irgendwie musste es weitergehen, dachte sie.
Konstanze veranlasste, dass Emanuel, Lotte und einige Freunde, eine Benachrichtigung erhielten.

Der Aufenthalt im Sanatorium dauerte viele Wochen... Konstanze kämpfte, ihr Lebensmut verhalf ihr dabei, dass sie wieder nach Hause konnte. In der Zwischenzeit teilte ihr Lotte mit, dass sie sich nicht um das Geschäft sorgen müsse. „Ich werde mich mit Emma gut darum kümmern, alles wird gut!" Emma legte ihre Auswandergedanken nun erst einmal zur Seite.

Um ihre Tante nicht noch mehr zu beunruhigen, sprach sie auch nicht mehr darüber und war noch fleißiger.

Emanuel erhielt den Brief während einer geschäftlichen Besprechung. Er öffnete den Brief, setzte sich, eiskalt lief es ihm über den Rücken. Sein Einglas glitt ihm vom Auge, ganz bleich wurde er.

Er rief nach seiner Hausdame Berta: „Bitte packen Sie mir sofort das Nötigste für einige Tage ein, ich verreise!" Berta stellte keine Fragen, aber sie vermutete, dass, anhand vom Gesichtsausdrucks von Becks, etwas nicht stimmt. Der Schlossherr rief die Kutsche, einige Stunden später kam er zu Konstanze.

Das Krankenhaus machte einen beängstigenden Eindruck... kalt und unpersönlich war das Gemäuer. Aber es nutzte nichts, er musste zu Konstanze. Er weinte noch bevor er das Zimmer betrat. Emanuel öffnete die Tür. Sie saß im Rollstuhl... mit dem Gesicht zum Fenster. Sie schämte sich.

Konstanze wollte nicht, dass er sie so sah. Er flüsterte: „Bitte mein Schatz, drehe Dich zu mir um, bitte." Langsam drehte sie sich zu ihm, ganz gelang es ihr jedoch nicht.

Ihre Schönheit hatte nicht gelitten... aber die Seele... was war sie denn noch wert? Sie konnte nicht mehr laufen, die Gedanken an die Zukunft verwarf sie.

Aber Emanuel ließ sich nicht von ihrer Behinderung beeinflussen, er sprach: „Konstanze, ich habe Dich als eine lebensbejahende, fleißige Frau kennengelernt, dazu noch jung und schön, bitte verzweifle nicht. Ich werde immer für dich da sein. Die besten Ärzte werden wir konsultieren, mit Geduld und meiner Liebe zu Dir wirst du wieder laufen können. Glaube fest daran, bitte."

„Emanuel, mein Traum ist zerplatzt, es lief doch alles so gut." „Aber Konstanze, es läuft auch weiterhin so gut, ich werde die Schneiderei übernehmen, wir heiraten und Du sitzt weiterhin an der Nähmaschine und organisierst alles."

Sie konnte nichts mehr sagen: „Aber,... aber,..." „Nichts, aber,...", grinste Emanuel und küsste sie zärtlich. Vieles wurde ihr nun klar und sie weinte vor Glück.

Die Hochzeit fand im Schloss Britz statt. Sie heirateten in Weiß. Konstanze war eine schöne Braut.

Übrigens schneiderte Emma das Brautkleid in ihrer Freizeit. Nachdem Emma sah, dass ihre Tante von nun an gut versorgt war, gestand sie bei der Anprobe, dass sie nun doch Berlin verlassen würde.
„Liebe Tante, das Hochzeitskleid soll mein Gesellenstück sein. Ich möchte Vater suchen und so wie Levi Strauss in Amerika Arbeitskleidung für die Goldgräber herstellen."

Mit Tränen in den Augen flüsterte Konstanze: „Meinen Segen hast Du, mein Kind und das Hochzeitskleid ist nicht Dein Gesellenstück, sondern Dein Meisterstück."
Emma verließ 1886 mit 26 Jahren Berlin in Richtung Hamburg... dazu später mehr...

Einen Brief erhielt Konstanze irgendwann im Jahr 1887:

Liebe Tante Konstanze, lieber Emanuel,

ich bin in New York heil angekommen. Jetzt bin ich in Santa Fe und hoffe Euch bei guter Gesundheit.
Die Überfahrt von Hamburg verlief recht reibungslos.
Es streikte bei dem Dampfer mit Namen Lahn öfter der Ofen. In Deiner Schneiderei passierte dies nie. Jetzt lache ich darüber. Auf hoher See war mir dann doch mulmig.

In Hamburg traf ich Johann. Er lebt seit 1880 in Hamburg, wo er kellnert. Sein Leben sah alles andere als beneidenswert aus. Er wurde von seinem Chef und sogar seiner Mutter geschlagen. Johann war der Fußabtreter der ganzen Firma und Familie. Seine Mutter wusste, dass sie ohne ihn nicht leben konnte, dennoch missachtete sie ihn. Da kam Johann die Idee, die sein Leben verändern sollte, er zog einfach auch auf nach Amerika. Ich kannte ja niemanden, das war eigentlich doch sehr gefährlich. Da kam mir Johann gerade recht. Sein Ziel war es, in Vancouver, auf jeden Fall hinter den Rocky Mountains, als Trapper zu arbeiten. Das war die perfekte Gelegenheit für mich von der Ostküste wegzukommen und endlich in den Wilden Westen zu gehen. Zusammen sahen wir uns die Einweihung der Freiheitsstatue an. Auf unserer Reise nach Santa Fe mussten wir viele Hindernisse überwinden, die so zahlreich sind, dass ich nicht alles aufschreiben kann. Wir schlossen uns einem erfahrenen Trapper an, sein Name war Big Ben. Er lehrte uns so einiges, um überleben zu können. Als Trapper lernt man sogar Indianersprachen. Aber das Wichtigste, was man als Fallensteller lernt, ist, dass die Natur das Schönste ist, was es auf der Welt gibt. Ohne die Natur wird kein Trapper und auch kein anderer Mensch leben können. Und Amerika hat sehr viel Natur. Wir sind nun in Santa Fe. Diesen Brief bringe ich jetzt zur Post. Wie es weiter geht, wird sich noch zeigen. Johann möchte gern in Richtung Vancouver, ich suche ja Vater. Im Hotel lernten wir Herrn Wyatt Earp kennen. Mit ihm möchte ich heute noch sprechen.

Seid lieb von mir gegrüßt
Eure Emma

Auf beiden Kontinenten verging die Zeit. Schauen wir zunächst nach Deutschland, bevor von Emmas Erlebnissen weiter berichtet wird.

Emanuel und Konstanze lebten bis zum Kriegsausbruch 1914 im Schloss. Emanuel starb wenig später an einer Lungenentzündung. Konstanze und ihr Söhne hatte in der Schweiz ein Zuhause gefunden.

Aus der kleinen Schneiderei wurde dank des Herrn Freiherr von Beck ein riesiges Unternehmen, das von der Schweiz aus geführt wurde. Konstanze erreichte ein hohes Alter. Wenn sie an ihre kleine Schneiderei am Potsdamer Platz dachte, schmunzelte sie.

Zur Erinnerung an ihre Mutter, zogen Sigmund und Fritz von Beck wenige Jahre später nach Berlin um das Textilunternehmen ihrer Eltern weiterzuführen. Sigmund und Fritz starben relativ früh. Eine Erbkrankheit raffte sie dahin. Da gab es noch Josefine, die Tochter von Fritz von Beck. Sie war eine schöne attraktive junge Frau im Alter von 28 Jahren.

Sie war anmutig, grazil und elegant, wie ihre Großmutter Konstanze. Das Haus, in dem sich die kleine Schneiderei befand, existierte nicht mehr. Nach dem Krieg wurde alles neu bebaut und es entstand neuer Wohnraum. Berlin war nach wie vor Anziehungspunkt und viele siedelten sich in dieser einmaligen Stadt an. Josefine konnte sich aber an Hand von alten, vergilbten Fotos ein Bild von der kleinen Schneiderei am Potsdamer Platz machen.

Konstanze war ja früher sehr stolz auf ihren kleinen Laden. Er war Treffpunkt für die einfachen Leute und die gutbetuchten Käufer. Josefine war sehr stolz eine Großmutter gehabt zu haben, die in der Kaiserzeit im Alten Berlin einen Namen hatte. Viel musste in den ersten Jahren mit der Hand genäht werden. Später dann kam die erste SINGER Nähmaschine, die schon damals sehr teuer war. Konstanze sparte damals an allen Ecken und Kanten, aber sie schaffte es. Nach und nach kamen noch zwei weitere Maschinen.

Josefine hatte nicht nur die Schönheit ihrer Oma geerbt, sondern auch ihren Ehrgeiz, ihren Stolz und ihr Durchsetzungsvermögen. Immer stolzer wurde Josefine, denn das, was sie auf den Fotos sah und aus den Briefen ihrer Großmutter erfuhr, machte sie traurig und stolz zugleich. Nicht immer gab es gute Monate in der Schneiderei ihrer Oma. Das Personal musste bezahlt werden und lieber verzichtete Konstanze auf viele Dinge, als dass sie ihr Personal vernachlässigte. Das hätte sie sich nicht leisten können.

Das Textilunternehmen ihres Vaters Fritz von Beck und ihres Onkels Sigmund sollte sie weiterführen. Sie wollte es eigentlich nicht, denn sie hatte ganz andere Vorstellungen. Da ihre Großmutter immer schon ihr Vorbild war, erlernte sie den Beruf der Schneiderin und machte ihre Meisterprüfung. Josefines Herz hing an den nostalgischen Dingen, an den Kleidern und Hüten, die damals getragen wurden, und vor allem an den kleinen Geschäften, die viel Gemütlichkeit und Wärme ausstrahlten.

Josefine veranlasste, dass das Unternehmen in andere Hände kam und machte in Berlin, am Kurfürsten Damm, ein kleines Geschäft auf. Normalerweise brauchte sie nicht zu arbeiten, denn sie war schon jetzt eine sehr reiche Frau. Sie wollte einfach ihrer geliebten Oma eine Art Denkmal setzen mit dieser Schneiderei.
Der Schriftzug über dem Eingang lautete:

Josefines und Konstanzes Nähstübchen

Dies sollte an ihre wunderbare Großmutter erinnern. Die junge Frau, wollte Kleidung nähen, die zwar modern sein sollte, aber einen Hauch von Nostalgie aus dem 19. Jahrhundert haben musste. Sie hoffte damit eine einzigartige Mode auf den Markt zu bringen.

„Frank, kannst Du mal kurz kommen?", rief Holger Breitscheid von hinten aus der Halle! Er war führende Kraft in einem Logistikunternehmen in Berlin Spandau. Die Frachtkontrolle war das Wichtigste überhaupt in dieser Firma. Die Lkw mussten richtig beladen sein und auch gut gesichert werden. Frank Schulte war mit seinen 24 Jahren erst am Anfang seines Berufslebens, da er sich schulisch weitergebildet hatte. Anfang der 1970'er Jahre wurde in großen Firmen noch nicht auf jeder Ebene mit Computern gearbeitet.

Viele Arbeitsgänge waren noch recht mühsam, gerade in solchen großen Unternehmen, zu bewerkstelligen.
„Ja, rief Frank Schulte, ich komme sofort." Frank war die rechte Hand von Holger Breitscheid. Die Kollegen sagten oft, sie seien ein tolles Team.

Berlin war jetzt im Wandel der Zeit. Alles wurde moderner. Einkaufszentren wurden errichtet und die kleinen Geschäfte hatten kaum noch eine Chance zu überleben. Doch Josefine von Beck ließ sich nicht davon beeindrucken. Sie baute jetzt, gerade von ihrem Ehrgeiz angespornt, ihren kleinen Laden auf. Alles war hochmodern und auch die besten Nähmaschinen konnte sie anschaffen. Sie stellte vier Näherinnen ein. Von den Räumlichkeiten her war es auch schon ausreichend. Liselotte, Klara, Conni und Brigitte waren einfach perfekt.

Das Konzept stand und es wurden Probekleider genäht, die Josefine in ihrem kleinen Schaufenster ausstellte. So konnte sich die künftige Kundschaft schon einmal ein Bild machen. Ihre Stoffe ließ sie sich von einer ansässigen Spedition liefern. Die edlen Stoffe suchte Josefine in verschiedenen Ländern aus, die dann wiederum eine Spedition beauftragte, die Stoffe abzuholen und auszuliefern.

„Frau von Beck", rief Klara, „sind denn schon Aufträge hereingekommen?" Josefine antwortete ruhig: „Nein Klara, noch nicht, aber es wird bestimmt nicht lange dauern, denn wir haben ordentlich Werbung gemacht. Wie damals, in der Zeit ihrer Großmutter Konstanze, spielte auch vor ihrem kleinen Laden ein Leierkastenmann, die alten Berliner Lieder aus der Zeit als Zille noch lebte." „Alles hat sich geändert, nur die Leierkastenspieler werden wohl nie aussterben.", dachte Josefine.

Ja, das ist eben Berlin, was wäre diese Stadt ohne sie.

„Frank, wie weit bist Du mit den Speditionsaufträgen?", rief Holger Breitscheid. Er antwortete etwas genervt, denn mehr als arbeiten konnte er auch nicht: „Die Fracht muss noch gesichert werden, dann fahre ich selbst raus." „Dieses Mal ist es ganz in der Nähe", sagte Frank. „Okay, bis heute Abend dann, mein Freund.", murmelte Holger, während er die Halle verließ. „Ach ja, noch was ist wichtig. Denke bitte an meine Geburtstagsparty, Deine

Frau wollte doch einen Käse-Igel vorbereiten, den Du mitbringen sollst."

Josefine wartete an diesem Morgen ungeduldig auf eine Stofflieferung aus Paris. Feinste Seide hatte sie für ihre ausgefallenden Modelle gekauft. Sie stand hinter der Ladentheke und sortierte Ware ein, als die Tür aufging und die Hauseigentümerin Johanna Wirtz eintrat. Hanna war ihre Freundin. Sie gingen zusammen in die Schule und verstanden sich so gut, als wenn sie Geschwister gewesen wären.

Aufgeregt sagte Johanna: „Fine, Fine, ich kann nicht mehr, Du musst mir helfen." „Was ist denn los Hanna?", fragte sie die junge Frau, die im gleichen Alter war wie Josefine. „Es ist etwas Schlimmes geschehen. Ich war heute beim Arzt und mir wurde eine schlimme Nachricht mitgeteilt.", antwortete die verzweifelte Frau. Johanna hatte einen kleinen Jungen von drei Jahren. Der Vater hatte sie schon kurz nach der Geburt des Kindes sitzen gelassen. Unter Tränen sprach sie weiter: „Fine, man hat mir nur noch ein halbes Jahr Lebenszeit bescheinigt, da ich Blutkrebs habe, der nicht mehr heilbar ist."

„Nun mache ich mir Vorwürfe, dass ich nicht schon viel früher zum Arzt gegangen bin", sagte Johanna mit einer weinerlichen Stimme. „Was mache ich denn nur mit dem kleinen Danny, was soll aus ihm werden?"

Johanna brach zusammen. Josefine kam sofort angerannt und half der Freundin hochzukommen.

Josefine versprach ihr: „Ich werde den kleinen Danny erst einmal vom Kindergarten abholen und zu Dir bringen." „Du, geh' bitte schon Mal nach oben in Deine Wohnung und lege Dich hin", sprach Josefine mit einer beruhigenden Stimme.

„Was soll nur aus dem Kind werden, er braucht doch eine Mutter", weinte Hanna. „Bitte, es wird alles gut, das verspreche ich Dir, liebe Johanna.", sagte Josefine.

Da der kleine Danny Josefine sehr gut kannte, freute er sich, als er von ihr abgeholt wurde. „Wo ist Mama?", fragte er schnell. „Deine Mama ist nur etwas müde, Danny, sie hat sich hingelegt", antwortete die junge Frau. „Ist gut", lachte der aufgeweckte Junge und schlenderte mit Josefine nach Hause. Johanna erwartete die beiden schon und rief: „Da seid ihr ja endlich!" Johannas Stimme war sehr schwach, man konnte es deutlich hören. Das Kind sprang freudestrahlend auf das Sofa und wollte mit seiner Mutter spielen. Doch Hanna, wie sie von Josefine genannt wurde, atmete schwer und war doch froh, als der Kleine wieder ruhig mit seinen Autos spielte. Johanna sprach: „Fine, ich spüre, dass ich immer kraftloser werde, wir müssen uns einmal über Dannys Zukunft unterhalten." „Ich weiß schon, was du mir sagen willst, Hanna, das Thema brauchen wir gar nicht erst zu diskutieren", sagte Josefine. „Ich werde den Jungen zu mir nehmen und ihn großziehen.", antwortete sie mit ruhiger Stimme. „Aber vorerst steht dies noch nicht zur Debatte.", meinte Fine. Johanna konnte sich die

Tränen vor dem Jungen nicht mehr verkneifen. Dieser kam angelaufen und drückte sie ganz fest.

Josefine musste wieder schnell in ihren Laden, denn sie erwartete schon ungeduldig die Stofflieferung.
Ihre Mädels hatten sich schon gut vorbereitet; mit den neuen Zeichnungen und Schnitten wollten sie zeigen, was sie konnten und ihre Chefin so nicht enttäuschen. Lotte, Klara, Gitte und Conni waren ausgebildete Schneiderinnen und auch schon auf Modenschauen angestellt. Sie waren schon ganz heiß darauf, zu zeigen, was sie konnten.

„Ich fahre dann los!", rief Frank Schulte durch die Speditionshalle der Firma Ramottke. Heute hatte der junge Mann Stoffe geladen für ein kleines Geschäft, welches erst vor kurzem eröffnet wurde. Die Inhaberin Josefine von Beck wartete schon. Sie rief schon den ganzen Vormittag an und machte Druck. Doch die Stoffe kamen erst recht spät in der Spedition an. Der Lkw, der die Ballen aus Paris abholen sollte, hatte unterwegs eine Panne.

Frank fuhr los. Berlin war eine sehr moderne Stadt geworden. Viele Straßen hatten immer noch das alte Kopfsteinpflaster aus dem 19. Jahrhundert. Komischerweise konnten die Bomben aus dem zweiten Weltkrieg hier nichts ausrichten. An Josefines Nähstübchen angekommen, wurde Frank schon ungeduldig von Klara empfangen. Sie hastete zum Auto und stolperte fast in Franks Arme. Der junge Mann konnte sich das Grinsen nicht verkneifen.

„Eine attraktive Frau", dachte er. Klara war gerade 22 Jahre jung und unglaublich ehrgeizig. Sie wollte unbedingt zeigen, was sie konnte. Bei Josefine war das kein Problem, denn sie ließ die Mädels machen, was sie für richtig hielten.

Klara war die verträumtere von den vier Frauen. Sie wollte unbedingt irgendwann einmal eine Familie und Kinder haben. Aber im Moment war dies noch kein Thema. Gerne spielte sie in den Pausen auch mit Danny, der kleine Sohn von Johanna, der Hauseigentümerin und Verpächterin der kleinen Nähstube. In den drei Monaten des Ladenaufbaus hatte sie das Kind schon in ihr Herz geschlossen.

Josefine freute sich sehr über die wunderschönen Stoffe aus Paris, denn nun konnte es endlich losgehen. Tag und Nacht wurden Kleider und Röcke, aber auch Mäntel, genäht. Alle Kleidungsstücke hatten einen Hauch von Nostalgie und erinnerten an manchen Schnittpunkten und Kragenausschnitten an die Mode des 19. Jahrhunderts. Ihre Großmutter Konstanze wäre sehr stolz auf sie gewesen.

Ein paar Tage später fand sich neugierige Kundschaft ein. Sie schauten sich um und waren schnell begeistert von der Qualität der Stoffe und dem Modestiel. Josefine stellte schnell fest, dass ihre Kundschaft gut betucht war. Das konnte ihr nur recht sein.

„Haben Sie auch Kostüme in meiner Größe?", fragte Frau Göring. „Aber sicher, ich werde einmal bei Ihnen Maßnehmen.", entgegnete Klara schnell. Die Freude ließ ihre Wangen rot leuchten.

Ruck, zuck hatte sie alle Daten der Kleidergröße.

„Ein Kostüm mit schwarzer Spitze am Kragen und diesen etwas ausgeschnitten wünschte ich mir.", sagte Frau Göring etwas schüchtern. Sie bat noch um einen lindgrünen Stoff und sehr kurzem Rock. Da die Mode zu diesem Zeitpunkt auf Mini eingestellt war und Frau Göring für ihr Alter noch eine tolle Figur hatte, konnte Josefine ihr den Wunsch nicht abschlagen. „Sie haben einen exzellenten Geschmack.", flüsterte Josefine ihr leise zu. „Vielen Dank", antwortete die 50 jährige Dame. Josefine bot ihr an, doch in einer Woche wieder zu kommen, für die Anprobe. Nochmals dankend, verabschiedete sich die Kundin.

Die Frauen machten sich sofort an die Arbeit. Es wurde gemessen, zugeschnitten und genäht was das Zeig hielt. Das Geschäft florierte und alle waren glücklich. Das Kostüm von Frau Göring wurde ein voller Erfolg.

Im Laden klingelte das Telefon am Tage darauf. Johanna war am Apparat. Sie brauchte dringend Hilfe und bat Josefine wieder um die Abholung des Kindes aus dem Kindergarten. „Ich hatte einen Schwächeanfall und sehr starke

Schmerzen.", klagte Hanna. „Mach' Dir bitte keine Gedanken, ich hole Danny ab und wenn Du willst, kann er bis Ladenschluss hier im Geschäft spielen.", antwortete Josefine. Hanna war einverstanden, aber es blieb leider nicht bei dem einen Mal. Immer wieder war der drei Jahre alte kleine Junge unten im Laden, schaute zu, wie genäht wurde und freundete sich hauptsächlich mit Klara an.

Josefine fuhr in ihrer freien Zeit mit ihrem Motorboot auf verschiedenen Berliner Veranstaltungen mit. Ein ausgefallenes Hobby für eine Frau, aber es machte ihr eben Spaß. Leider wird ihr eines Tages dieses Hobby Unheil bringen. Danny weinte oft in der letzten Zeit. Denn auch das Kind merkte, dass es seiner Mutter schlecht ging. Immer öfter mussten Josefine und auch Klara den Kleinen wieder auffangen. Es war Anfang Dezember, als Johanna ins Krankenhaus musste. Dort versuchte man sie etwas zu stärken und ihr die Schmerzen zu nehmen. Doch die junge Frau wurde von Tag zu Tag schwächer.

„Guten Morgen, Hanna.", flüsterte Josefine von Beck ihr ins Ohr. „Oh, Fine, schön Dich zu sehen.", antwortete die totkranke Frau mit ungewöhnlich klarer und fröhlicher Stimme. „Fine, ich habe ein Testament gemacht. Es liegt in einem Wandtresor in meiner Wohnung.", sagte Johanna. „In der Handtasche, die da drüben steht, ist der Schlüssel.", flüsterte sie nun. „Du hörst Dich gut an, Hanna.", stellte Josefine fest. Johanna sprach: „Ja, aber ich fühle, dass ich nicht mehr lange lebe, darum müssen wir schnell klare Verhältnisse schaffen."

Josefine redete mit ruhiger Stimme auf ihre Freundin ein: „Liebe Hanna, ich will nicht drängen, aber wäre es nicht besser, ich würde mich jetzt schon um die Adoption des Kindes kümmern?" Auch Hanna entgegnete ruhig: „Genau dies wollte ich Dir sowieso raten, denn ich weiß, dass ich nicht mehr lange leben werde." Josefine blieb noch etwas, bevor sie sich von der Kranken verabschiedete. Das Kind wollte sie aber vorläufig nicht mitnehmen.

Danny hatte sich schon gut in der Nähstube eingelebt. Während Hannas Krankenhausaufenthaltes, wohnte Fine in der Wohnung ihrer Freundin, um sich besser um den Dreijährigen kümmern zu können. Klara und sie wechselten sich oft ab, denn die Nähstube durfte nicht vernachlässigt werden. Die Aufträge liefen gut und die Kundschaft war begeistert von der ausgefallenden Mode, die hochelegant war.

Frank Schulte ging es an diesem Morgen nicht so gut. Er verspürte einen komischen Druck in der Magengegend. Nicht etwa, dass ihm schlecht war, nein, im Gegenteil. Jedoch die Arbeit musste erledigt werden. Wieder führte ihn der Weg zur kleinen Nähstube von Josefine Beck. Dieses Mal konnte Klara nicht die Ware entgegennehmen, da sie Danny betreuen musste.

Immer neue und schönere Kleider wurden in der kleinen Nähstube fertiggestellt. Die zahlreichen Kunden, vorwiegend reiche Herschafften, gaben eine Bestellung nach der anderen auf. Etwas enttäuscht, Klara nicht zu sehen, fuhr Frank wieder weg, nachdem er die Ware ausgeliefert hatte. Langsam wurde dem jungen Mann klar, dass dieses Gefühl, welches er hatte, keine Krankheit war, sondern ein Gefühl der Verliebtheit. Er hatte sich doch tatsächlich in Klara verguckt.

Es wurde nun Zeit, dass Josefine etwas unternahm. Der Zustand von Johanna verschlechterte sich von Tag zu Tag. Das Testament hatte Johanna gefunden und die Adoptionsunterlagen für den Jungen waren schon ausgefüllt. Mit dem schriftlichen Einverständnis von Hanna und unter diesen schlimmen Umständen, wurde es ihr leicht gemacht. Josefine ließ keine Zeit verstreichen und innerhalb von drei Wochen war die Adoption durch.

In der Nähstube ging es hoch her. Das Weihnachtsgeschäft florierte und die Mädchen gaben sich alle Mühe um ihr Bestes zu geben.

Es fielen schon die ersten Schneeflocken vom Himmel und der Leierkastenmann spielte in der Kälte, genau wie damals, als ihre Großmutter noch lebte. „Hallo, Frau Nolte.", rief Josefine einer Kundin zu, die gerade in ihren Laden wollte. „Wie geht es Ihnen, waren Sie krank?", rief Fine mit einem Frösteln in der Stimme, denn es war eisig kalt an diesem Morgen. „Ja, leider, ich hatte etwas länger und unerwartet im Krankenhaus gelegen.", meinte Frau Nolte, freundlich wie immer. „Gestern wurde ich entlassen.", lachte sie. Frau Nolte runzelte die Stirn und überlegte: „Ich habe im Krankenhaus gehört, dass Ihre Freundin Johanna nun künstlich ernährt wird, weil es ihr sehr schlecht geht." Josefine, die gerade den Schnee vor dem Laden fegte, ließ sofort den Besen fallen und rannte aufgeregt in den Laden. Sie konnte aus Zeitmangel ein paar Tage nicht ins Krankenhaus fahren. Sie machte sich Vorwürfe. Nur durfte sie sich jetzt vor der Kundin nichts anmerken lassen. „Was kann ich denn für Sie tun, Frau Nolte?" Die etwas kleine und gedrungene Frau war schon Stammkundin bei Fine. Sie nähte alles selbst, sogar ihre Tischdecken und Kissenbezüge. Dazu suchte sie sich immer die schönsten Stoffe aus und ließ sich diese bei Josefine zuschneiden.

„Klara, Klara, Du musst Danny für ein paar Stunden beschäftigen, denn ich muss umgehend zu Johanna, ihr geht es schlecht.", rief sie nach hinten in den Raum, indem genäht wurde, nachdem Frau Nolte den Laden verlassen hatte. Josefine konnte kaum ein verständliches Wort herausbringen: „Bau doch mit dem Jungen einen Schneemann im Park, dann ist er erst mal abgelenkt." Leise antwortete ihr Klara, denn die Frauen konnten keine Ablenkung gebrauchen: „Klar, mach ich doch, die Zuschnitte für die Aufträge sind ja schon fertig."

Die Tür von Hannas Zimmer stand offen. Hektisch liefen Ärzte und Schwestern hin und her. Josefine stand wie versteinert da. Sie musste sich zusammennehmen. „Was ist los?", rief sie dem vorbeilaufenden Arzt hinterher. „Wer sind Sie denn, ich gebe doch nicht jedem Auskunft.", sagte der Arzt. „Mein Name ist Josefine von Beck.", antwortete sie verängstigt. Sie machte dem Arzt Dr. Storm klar, dass Johanna ihre Freundin sei, mit der sie auch zur Schule ging. Weiter erklärte sie ihm, dass sie ihren Sohn adoptiert hatte. Mit bewundernden Blicken musste Dr. Storm nun erklären, dass Johanna im Sterben lag und dass man jeden Tag mit dem Schlimmsten rechnen müsse. Josefine von Beck betrat weinend das Krankenzimmer. Es war irgendwie anders. Ja, den Tod konnte man riechen. Sie konnte ihn riechen. Den gleichen Geruch hatte sie in der Nase, als ihr Vater starb.

Johanna hatte die Augen zu. Sie befand sich in einem Dämmerschlaf, aus dem sie nicht mehr erwachte.

Sie starb an Heiligabend. An diesem Heiligabend war man traurig, aber auch gleichzeitig froh, dass sich Hanna nicht mehr quälen musste. Der kleine Danny dachte überhaupt nicht an seine Mutter, sondern spielte ausgelassen mit seinem neuen Spielzeug. Er tollte herum und freute sich seines Lebens. Den Heiligabend verbrachte Klara mit Josefine. Klaras Eltern lebten im Ausland. Damals war Klara gerade 18 Jahre alt, als Vater und Mutter sich entschieden, ein Bistro in Frankreich zu eröffnen. Seitdem leben sie dort.

Das junge Mädchen nahm sich früh eine Wohnung und wollte sein Leben selbst in die Hand nehmen. Sie ließ sich nicht überreden mitzukommen. Der Kontakt zu ihren Eltern war dürftig. Jedenfalls hatte sich der kleine Danny an beide Frauen gewöhnt. Er sah Josefine als seine Mama an und sagte auch oft zu Klara Mama. Ändern wollte die beiden Frauen das nicht.

Es wurde Frühling. Die neuesten Modevarianten wurden ausprobiert und zurechtgeschnitten. Es wurde genäht und immer ein Hauch von Nostalgie in die Kleidung gebracht. Die Frauenwelt war begeistert und sie rissen Josefine quasi die Klamotten aus der Hand.

Frank Schulte hatte es sich zur Aufgabe gemacht, die kleine Nähstube jedes Mal selbst zu beliefern, wenn die Stoffe ankamen. Auch an diesem warmen Frühlingstag, war der LKW fast voll mit Stoffballen und Nähutensilien, sowie Ankleidepuppen für das Schaufenster. Da der Lastwagen schon ein gewisses Alter auf dem Buckel hatte, konnten die Mädchen im Laden hören, wenn er kam.

„Frank ist da.“, rief Klara euphorisch. Sie rannte heraus und lief ihm lachend entgegen. „Hallo Klara.“, grinste der junge Mann. Franks und Klaras Augen trafen sich und sie sahen sich minutenlang an. „Was ist denn los da draußen?“, rief Josefine ungehalten. Sie wartete schon ungeduldig auf die Ware, denn es lagen schon wieder neue Aufträge vor. „Ja, ja, ich mach' schon.", antwortete der verliebte Fahrer. Frank fuhr wieder zurück und schaute noch mal in den Rückspiegel, um eventuell noch etwas von Klara sehen zu können.

„Na, Klara, bist wohl verknallt oder?", fragte vorsichtig eine Kundin nach, die alles aus dem Laden heraus beobachten konnte. „Ja, bin ich wohl, Frau Behrens, bin ich.", lachte die junge Frau.

Josefine war schon ganz aufgeregt. Sie hatte Klara beauftragt, auf Danny aufzupassen, denn es stand wieder mal eine Motorboot-Regatta auf dem großen Wannsee an. Sie hatte eine Einladung bekommen von einer Cousine aus Belgien. Ihr Onkel Sigmund zog damals mit seiner Familie nach Belgien um dort einen Weinberg zu übernehmen und ist für immer geblieben. Rosa ist zwei Jahre jünger als Josefine.

Außer hin und wieder einer Postkarte, hatte sie kaum Kontakt zu ihr. Sie hatten aber eine gemeinsame Leidenschaft. Diese Leidenschaft bezog sich auf den Motorboot-Sport. Am Tage der Veranstaltung war Fine über alle Maßen aufgeregt. Sie vergaß alles um sich herum. Rosa hatte viel Ähnlichkeit mit ihr, nur die Haare waren Blond statt Braun, wie bei Josefine. Aber was spielte das für eine Rolle. Der Menschenauflauf am Großen Wannsee war an diesem Sonntag enorm. Es war Mai und schon recht warm. Alle Sitz- und

Stehplätze waren belegt und alle fieberten dem Start entgegen.

Seit 10 Jahren betreibt Josefine den, nicht gerade ungefährlichen, Sport. Dazu musste sie einen Sportboot-Führerschein machen und brauchte auch eine Lizenz. Sie hatte damals von ihrem Vater einen Außenborder bekommen in Rot, ihre Lieblingsfarbe. Das Boot war offen und für Rundstreckenrennen ausgelegt, der sogenannten Formel 125. Zwei Mal hatte sie dem Tod in die Augen sehen müssen bei diesem Sport. Anfangs konnte Josefine mit der Schnelligkeit des Bootes nicht umgehen. Sie überschlug sich ein paar Mal und fiel ins Koma, aber man holte sie zurück.

„Wo ist Mama?", rief Danny Klara zu, die gerade in der kleinen Küche für den Jungen ein Essen zubereitete. „Mama kommt heute Abend wieder mein Schatz, sie muss noch arbeiten.", antwortete Klara. „Kannst Du denn nicht meine Mama sein, Klara?", fragte er, in einer noch unvollständigen Sprache mit Berliner Dialekt. Es war herzzerreißend und gleichzeitig lustig.

„Aber Danny, natürlich kann ich Deine Mama sein, aber Du hast sogar zwei Mamas, das ist noch schöner.", meinte Klara mit einem fröhlichen Gesicht. „Du und Mama." „Ja, Danny.", lachte die junge Frau und nahm den Kleinen auf den Arm.

Die Woche begann hektisch. Viele Änderungen mussten in der kleinen Nähstube vorgenommen werden.

Die Kunden belagerten förmlich den Laden. Es wurde zugeschnitten, anprobiert, getrennt und wieder vernäht. Das Geschäft florierte ordentlich. „Hallo, Josefine!", rief eine piepsige Stimme. Rosa, ihre Cousine, war wieder in Berlin. Sie wollte Josefine einen kleinen Besuch abstatten. „Ich glaube, diese Stadt könnte mir sehr gefallen, denn Berlin hat eine Seele.", sprach sie leise. „Ach Rosa, komm doch einmal mit nach hinten, ich will dir die Nähmaschinen und den Arbeitsbereich der Mädchen zeigen.", sagte Fine.

Rosa ging mit und war begeistert. „Es sieht ja aus wie in einer Puppenstube. Die bunten Stoffe und die Ankleidebüsten sind ein ganz besonderer Blickfang." Josefine erklärte ihr, dass sie nur die edelsten Stoffe für ihre Kundschaft bereitstellen würde. „Aber der Grund, warum ich gekommen bin, ist folgender.", sagte Rosa. Sie erklärte Josefine, dass in acht Wochen wieder ein Rennen auf dem Großen Wannsee stattfindet und ob ihre Cousine denn Lust hätte, mit ihr daran teilzunehmen. „Da fragst Du noch, Rosa, natürlich habe ich Lust.", lachte Fine. „Ich muss nur bis dahin mein Boot wieder flott bekommen, da stimmte schon beim letzten Rennen etwas mit dem Vergaser nicht.", meinte Josefine.

Rosa meinte, dass es doch für Fine kein Thema sei, diesen Schaden zu beheben. Freudestrahlend verabschiedeten sich die beiden Frauen und blieben bis dahin telefonisch in Kontakt. Fine dachte: „Komisch, ich verstehe nicht, warum ich nicht viel eher mit Rosa zusammengekommen bin."

Das Telefon klingelte in der Nähstube. Frank Schulte war am Apparat. Es wollte Klara sprechen. Aufgeregt und verliebt ging sie ans Telefon. „Hoffentlich merkt man mir nichts an.", dachte sie. Frank fragte sie, ob sie Lust hätte, mit dem kleinen Danny auf einen Sparziergang im Grunewald mit anschließendem Eis essen. Klara zögerte noch etwas, stimmte dann aber zu und der Kleine freute sich riesig.

Der Termin für das Rennen rückte immer näher und Josefine musste noch viel an ihrem Rennboot in Ordnung bringen. Sie besaß in Berlin ein altes Herrenhaus, welches sie von ihrem Vater geerbt hatte. Dem angeschlossen waren mehrere Stallungen. Früher züchteten ihre Eltern einmal Pferde. Heute hatte Josefine diese Ställe umfunktioniert und reparierte ihr Boot und soweit sie es konnte auch ihren Privatwagen.

Der Vergaser ihres Bootes war völlig verschmutzt. Mühevoll reinigte sie ihn in einem Ultraschallbad mit entsprechenden Lösungsmitteln. Ungefährlich war die Angelegenheit für eine Frau nicht gerade. Man sah es Josefine nicht an, aber sie war zäh wie Leder. Es war nicht das erste Mal, dass der Vergaser Probleme machte und sie hoffte mit der Reinigung, dass Problem gelöst zu haben. Josefine war so dreckig, man hätte sie fast nicht wiedererkannt.

„Hallo, Fine!", rief eine freundliche Stimme hinter ihr. „Ach, Klara, wo kommst Du denn her?", antwortete Josefine überrascht. „Frank und Danny sind auch hier, sie sitzen im Auto.", sagte Klara fröhlich. „Ich wollte nur Bescheid sagen, dass wir mit dem Kleinen zum Grunewald fahren.", sagte Klara. „Ich hoffe, Du bist damit einverstanden.", lachte Klara.

Natürlich war Josefine damit einverstanden. Eigentlich konnte sie nur froh sein, dass ihr Kind auch zu Klara einen guten Kontakt aufgebaut hatte. Klara konnte die kleine Nähstube ruhig für ein paar Stunden verlassen, denn sie hatte gute Vorarbeit geleistet. Außerdem hatte sie verständnisvolle Kolleginnen. Obwohl Josefine da sehr streng war, denn der Laden musste laufen. Ausfälle konnte sie sich nicht erlauben. Dabei dachte sie ausschließlich an die Mädchen, die hart arbeiteten in der Nähstube.

„Alles klar, Klara, ich wünsche Euch noch einen schönen Tag, haut schon ab.", lachte sie. Kurz darauf fuhr Josefine in den Laden zurück. Der Vergaser war gereinigt und sie konnte das bevorstehende Rennen kaum erwarten. Klara, Frank und Danny hatten einen wunderbaren Tag. Sie gingen anschließend noch zum Eis essen. Dabei unterhielten sie sich über ihre Zukunft. „Weißt Du, Klara, ich muss Dir gestehen, dass ich mich in Dich verliebt habe.", sagte Frank mit einem hochroten Kopf.

„Ich finde Dich ja sehr sympathisch, aber der Funke ist leider bei mir noch nicht übergesprungen.", antwortete Klara. „Ich werde auf Dich warten.", sagte Frank etwas niedergeschlagen. „Klara, willst Du Frank heiraten?", quietschte Danny fröhlich. Sie mussten beide lachen und schauten sich dabei tief in die Augen. Klara wollte es noch nicht zugeben, aber sie musste sich jetzt doch eingestehen, dass auch sie Gefühle für Frank hatte.

Frank Schulte ließ nicht locker. Mindestens einmal in pro Tag, bevor er mit seinem klapprigen Renault 4 in die Spedition fuhr, kam er in die kleine Nähstube und wollte Klara sehen. Einmal kaufte er nur ein paar Maschinennadeln oder Garn, nur um mit der jungen Frau ins Gespräch zu kommen. Irgendwie tat Frank Klara Leid. Diese Ausdauer und Geduld imponierte ihr. Zudem empfand sie sein Äußeres als sehr attraktiv. „Komisch, dass mir das vorher nicht aufgefallen ist. Oder kommt es nur daher, dass ich so verliebt bin?", überlegte sie.

„Frank, hast Du Lust mit mir heute Abend essen zu gehen?", fragte sie den verdutzten jungen Mann, der sehr überrascht von ihrer Direktheit war.

„Aber ja, da fragst Du noch Klara.", sagte er. Frank holte sie am Abend ab. Klara hatte eine kleine Zweizimmer Hinterhof Wohnung in einem Haus, welches tatsächlich noch zwischen dem 18 und 19. Jahrhundert erbaut wurde. Durch eine gründliche Außensanierung sah es aus wie neu gebaut. Klara hatte ihr schönstes Kleid angezogen. Ganz in schwarz, nur mit einer weißen Ansteck-Rose.

Klara war eine adrette junge Frau. Keine Schönheit, aber sie hatte etwas Anziehendes in ihrer Ausstrahlung. Frank war begeistert als er sie sah, denn ihre Figur war einfach toll.

Josefine fieberte dem Rennen ungeduldig entgegen. Rosa nervte sie auch fast jeden Tag mit Anrufen. „Fine, bitte schau an Deinem Rennboot alles richtig nach, damit nichts passieren kann, ein wenig Angst habe ich schon.", sagte Rosa. „Aber Cousinchen, denke so etwas gar nicht erst." Tatsächlich hatte Josefine alles gründlich nachgesehen und fertig gemacht. So glaubte sie, ein sicheres Rennboot für die kommende Regatta zu haben.

Das Berlin in den siebziger Jahren im 20. Jahrhundert war nicht mehr vergleichbar mit dem Berlin im 19. Jahrhundert, als Konstanze noch lebte.
Der Straßenverkehr hatte erheblich zugenommen.

Die Mode ist bunt und natürlich können bei den Damen die Röcke nicht kurz genug sein. Die Beatles und andere Gruppen machten die Radiosender unsicher und die Jugend verrückt.

Tragbare Radios, Kassettenrecorder und sogar Plattenspieler mit Batteriebetrieb wurden überall mit hingenommen. Nur in der kleinen Nähstube von Josefine, schien die Zeit stehengeblieben zu sein. Der nostalgisch eingerichtete Laden, erinnerte immer wieder daran, als Konstanze, Josefines Großmutter, in Berlin eine Persönlichkeit war. Fine, so nannte man die junge Frau oft, hatte ihre Großmutter vergöttert.

Sie tat alles um die Erinnerung an sie aufrecht zu erhalten. "Guten Tag, die Damen.", ertönte eine freundliche Stimme. Eine ältere Dame, die gerade den Laden betrat, fragte nach, ob ihr neues Kostüm schon fertig sei. "Ja, Frau Breilmann, es ist gerade fertig geworden.", antwortete Klara von hinten aus dem Arbeitsraum. Die ältere Dame probierte es an und musste zu ihrem Entsetzen feststellen, dass sie wieder zugenommen hatte. Doch dies war kein Grund für das Team alles fallen zu lassen. Im Gegenteil, auch in solchen Situationen mussten sie die Ruhe bewahren und mit Freundlichkeit die Situation entschärfen.

Am Tage des Rennens holte Rosa Josefine ab.
Die Boote standen schon alle am Wannsee. Beide Frauen waren ausgelassen und freuten sich auf die Regatta.

Im Cabrio von Rosa sangen sie zu der neuesten Musik und alberten herum. Es war alles voller Leute, die um den See verteilt saßen und gespannt auf den Start warteten. Die Rennboote wurden noch mal gründlich auf Fehler untersucht.

„Mensch Rosa, ich bin so aufgeregt.", sagte Fine. „Wenn ich das Rennen wenigstens halbwegs gut überstanden habe, werde ich morgen mein Testament ändern und Klara mit dem Jungen als alleinige Erben meines Vermögens einsetzen.", meinte Josefine. „Anschließend gibt es ein schönes Essen für meine Angestellten und für Dich Rosa.", lachte die junge Frau.

Der Start rückte immer näher. Die Fahne wurde hochgehalten. Und los! Die bunte Flagge ging nach unten. Schneller und immer schneller flitzten die Boote, nein sie schwebten über dem Wasser. Sie berührten kaum die Oberfläche.

Josefine bekam plötzlich richtig Angst, denn sie konnte das Tempo des Bootes nicht mehr regeln. Sie hatte es nicht mehr unter Kontrolle. Panisch hielt sie sich am Ruder fest. In dieser ausweglosen Situation glaubte sie immer noch, dass sich alles zum Guten wendet, doch Josefine irrte sich. ... ...

Frank Schulte und Klara Lindemann trafen sich immer öfter und jedes Mal war der kleine Danny dabei. Aber die beiden hatten trotzdem immer riesigen Spaß zusammen. Den Kleinen hatten sie längst in ihre Herzen geschlossen.

Klara hatte schon seit einigen Stunden ein unangenehmes Gefühl in der Magengegend. Dies bekam sie immer, wenn ein negatives Ereignis bevorstand.

Das Boot geriet währenddessen völlig außer Kontrolle. Josefine schaffte es nicht mehr. Alles ging furchtbar schnell. Kaum jemand hatte mit dem gerechnet, was nun geschah. Rosa fuhr mit ihrem Boot in einem sicheren Abstand zu Josefine. Gegen ihren Willen musste sie mit ansehen, wie Fine verunglückte. Der Außenborder überschlug sich plötzlich in unglaublicher Geschwindigkeit mehrmals hintereinander. Der Motor fing Feuer und eine riesige Explosion schleuderte Josefine aus dem Boot oder aus dem, was noch von ihm übrig blieb.

In Windeseile war die Rettungsmannschaft an Ort und Stelle. Sie holten Josefine aus dem Wasser. Mit schwersten Verbrennungen und Knochenbrüchen wurde sie ins nahegelegene Krankenhaus geflogen. Die Bootsregatta musste abgebrochen werden. Rosa fuhr so schnell wie möglich ins Krankenhaus. Sie informierte alle Mädchen und vor allem Klara. Sie war wie eine Schwester für Josefine. Auch Danny hatte viel Liebe und Zuneigung für Klara entwickelt. Das Telefon klingelte. Klara war gerade dabei, für Danny Essen vorzubereiten. Immer wenn Fine unterwegs war, erklärte sie sich bereit, auf das Kind aufzupassen. „Klara, hier ist Rosa.", rief eine aufgeregte Stimme durch das Telefon. „Ja, was ist denn, sag' schon Rosa.", antwortete Klara. „Ich weiß nicht, wie ich es Dir sagen soll, Klara.", erwiderte Rosa. Rosa versuchte Klara begreiflich zu machen, dass Josefine schwer verunglückt ist. Sie erklärte ihr wie es dazu kam und in welchem Krankenhaus sie liegt. „Bitte Klara, kannst Du den anderen Bescheid sagen?", sagte Rosa und weinte heftig.

Danny wurde weiterhin von Klara oder den Mädchen liebevoll betreut. Das Kind wusste von nichts und man wollte ihm auch nichts sagen. Später, wenn er erwachsen ist, wird er vielleicht verstehen wie alles zusammenhängt, dachte sich Klara. Auch Klaras Verlobter Frank Schulte kümmerte sich so oft er konnte um den Jungen, als wenn es sein eigener Sohn wäre. Sie gingen spazieren, fuhren mit der Eisenbahn durch Berlin oder gingen in den Zoo. Auch ihn verband sehr viel mit dem Kleinen.

Von Tag zu Tag ging es Josefine schlechter. Ihre Verbrennungen und Brüche, waren zu schwerwiegend. Die Ärzte konnten ihr leider nicht mehr helfen. Man rechnete täglich mit dem Tod. Der zuständige Stationsarzt konnte nicht fassen, dass eine so junge Frau schon sterben musste. „Nun, sie war sich wohl nicht über die Gefahren im Klaren, die dieser Sport mit sich bringt.", dachte Dr. Wasner. Noch bevor Klara ihre Freundin im Krankenhaus besuchen konnte, verstarb Josefine an ihren schlimmen Verletzungen. Gut, dass sich die beiden schon vor ein paar Wochen ausgesprochen hatten. Es wurde besprochen, was geschehen sollte, wenn Josefine frühzeitig sterben sollte. Der grausame Tod von Fine, machte alle sehr nachdenklich.

Die kleine Nähstube musste weiterhin tolle Mode kreieren und Modelle nähen. Kurz gesagt, das Leben musste einfach weitergehen, so oder so. Danny durfte nichts merken von all den Sorgen. Er war ein neugieriger und wissbegieriger Junge, der sein kleines Köpfchen mit schönen Dingen voll hatte. Klara und ihr Verlobter mussten nun sehr schnell handeln. Da sie in den nächsten Wochen sowieso heiraten wollten, überlegten sie nicht lange und bestellten das Aufgebot. Dank der Hilfe von Rosa, konnte eine Adoption beschleunigt werden. Rosa hatte eine Freundin im Jugendamt, die den Fall bearbeitete. Das Amt stellte fest, dass nicht nur Klara, sondern auch Frank und all die anderen das Kind auffingen.

Die standesamtliche Trauung fand schnell statt. Danny streute Blumen und war guter Dinge. Klara übernahm kurze Zeit später die Nähstube und die Angestellten. Josefine hatte Klara ihr gesamtes Vermögen vererbt.

Das schöne alte Herrenhaus von Josefine war riesig. Die junge Frau, Frank und der kleine Danny waren nun eine Familie. Sie zogen in das Herrenhaus, es wurden auch wieder Pferde angeschafft und Danny lernte schnell reiten. Er war ein guter Schüler und ein rundherum glückliches Kind. Noch wusste er nichts von dem Schicksal seiner richtigen Mama und von seiner Adoptivmutter. Irgendwann würde Klara ihm alles sagen, aber jetzt sollte er erst einmal seine Kindheit genießen.

Danny bekam noch ein Schwesterchen. Sie nannten die Kleine, sie hatte lange schwarze Haare, Konstanze.

Kommen wir nun zurück zu Emma. Nachdem sie im Jahr 1886 Berlin verließ, reiste sie nach Hamburg. Von Hamburg aus sollte es mit dem Schnelldampfer LAHN nach New York gehen.

Ein Jahr musste Emma allerdings noch warten, bis der Schnelldampfer einsatzbereit war. Kabinen der dritten Klasse der Lahn zeigten zwar, wie sich die Unterbringung, sowie die Hygiene- und Ernährungsbedingungen, zwischen Mitte des 19. und Anfang des 20. Jahrhunderts verbessert haben, doch wer schließlich die Neue Welt erreichen wollte, war noch nicht wirklich angekommen. Der Dritte-Klasse-Passagier mussten erst einmal in Ellis Island aufwendige und zum Teil entwürdigende Formalitäten über sich ergehen lassen. Das schloss intensive medizinische Untersuchungen mit ein und gipfelte in einer peinlich genauen Befragung durch einen Einwanderungsbeamten. Richtig froh war Emma dann, dass sie sich die erste Klasse leisten konnte. Konstanze und Emanuel gaben ihr ein gutes Startkapital mit auf die Reise.

Das Jahr verbrachte Emma damit, bei einer Schneiderei erste Erfahrungen zu sammeln, wie Jeans hergestellt wurden. Aus Genua kamen in Hamburg große Ladungen an Hosen an, die nach Amerika verschifft wurden. Viele Hosen hatten Fehler, andere wiederum sollten passend verändert werden. Das waren Jeans der bessergestellten New Yorker. Emma erarbeitete sich so ein gutes Grundwissen.

Ihre Freizeit verbrachte sie mit Johann, den sie in Hamburg kennenlernte. Aber an mehr als eine Freundschaft dachte Emma nie.

Die Überfahrt nach New York dauerte 8 Tage. Hin und wieder hatte der Schnelldampfer Druckprobleme. In New York angekommen, quartierten sich Emma und Johann in einer Pension ein. Es war so ganz anders als in Deutschland. Seit 1825 ist die Stadt, durch die Lage am Atlantischen Ozean und den Wasserwegen des Hudson River ins Inland, der Anlaufpunkt für Einwanderer aus der ganzen Welt. Hier musste auch Emmas Vater Robert angekommen sein, um dann in den Wilden Westen zu reisen. Obwohl die Einwohnerzahle zu dem Zeitpunkt von Berlin und New York fast gleich waren, etwa 2 Millionen, empfand Emma New York doch als sehr hektisch. Viel gesitteter ging es da doch in ihrer Heimatstadt Berlin zu.

An einem herrlichen Sonnentag besuchten Emma und Johann die Freiheitsstatue. Sie steht auf Liberty Island im New Yorker Hafen, wurde am 28. Oktober 1886 eingeweiht und ist ein Geschenk des französischen Volkes an die Vereinigten Staaten. Die Statue stellt die in Roben gehüllte Figur der Libertas, der römischen Göttin der Freiheit, dar. Die auf einem massiven Sockel stehende Figur aus einer Kupferhülle auf einem Stahlgerüst reckt mit der rechten Hand eine vergoldete Fackel hoch und hält in der linken Hand eine Tabula ansata, also eine Inschriftentafel, mit dem Datum der amerikanischen

Unabhängigkeitserklärung. Zu ihren Füßen liegt eine zerbrochene Kette. Die Statue gilt als Symbol der Freiheit und ist eines der bekanntesten Symbole der Vereinigten Staaten. Mit einer Figurhöhe von 46,05 Metern und einer Gesamthöhe von 92,99 Metern gehörte sie seinerzeit zu den höchsten Statuen der Welt.

Es kam die Zeit des Abschieds von New York.
Den Termin legte Trapper Big Ben fest. Er führte etwa 25 Auswanderer an, um sie so sicher wie möglich von New York über Louisville und Oklahoma City nach Albuquerque zu führen. Mit den Planwagen dauerte die Strecke von 3500 km über zwei Monate. Mit Indianern hatten sie es weniger zu tun, mehr mit Radreparaturen und Krankheiten. Zwei Auswanderer starben leider, trotz

Warnungen von Big Ben entfernten sie sich vom Treck und wurden von Schlangen gebissen. Emma und Johann kamen gesund in Albuquerque an. Außerdem lernten beide viel von dem erfahrenen Trapper.

Von nun an trennten sich die Wege von Emma und Johann. Johann möchte in Nord-westliche Richtung weiterziehen, nach Vancouver. Emma hatte einen letzten Brief von ihrem Vater aus Santa Fe erhalten, indem er schrieb, dass er nach großartigen Goldfunden nun in südlicher Richtung unterwegs sei.

Aus Freundschaft und Beschützerinstinkt nahm Johann den Umweg von 129 Kilometern gern in Kauf und begleitete Emma nach Santa Fe. Santa Fe war eine wichtige Handelsroute mit dem Osten Amerikas. Nun sollte auch in westlicher Richtung eine Eisenbahnstrecke gebaut werden. Grundstücke waren sehr begehrt. Im Hotel lernte Emma Herrn Wyatt Earp kennen. Dies schrieb Emma ihrer Tante Konstanze noch. Nun wusste Johann, dass Emma bei Herrn Earp in guten Händen war und schloss sich einem Treck nach Vancouver an.

Mit Herrn Earp besprach Emma ihren Plan, ihren Vater finden zu wollen und eine Schneiderei zu eröffnen. „Nun, Miss Emma, die Goldfunde haben in San Francisco nachgelassen. Wenn Ihnen Ihr Vater schreibt, dass es ihn in den Süden zieht, dann könnte es sich um San Diego handeln. Ich komme aus San Diego, bin seit 1886 dort beheimatet." Beindruckt schaute Emma immer auf den recht tief sitzenden Revolver von Herrn Earp. „Aber ich habe noch gute Kontakte nach San Francisco zu meinen Brüdern Virgil und Warren Earp. Sie könnten bei den Mienenbetreibern nachfragen, ob..." Emma unterbrach Herrn Earp: „Sind sie es wirklich? Sind Sie Wyatt Earp, der berühmte Revolverheld? Das darf doch nicht wahr sein? Ich weiß alles über Sie. Zumindest das, was in der Berliner Morgenzeitung über Sie berichtet wurde. Wyatt

Berry Stapp Earp geboren am 19. März 1848 in Monmouth, Illinois. Berühmt ist Ihre Schießerei am O. K. Corral zusammen mit Doc Holliday und Ihren beiden Brüdern Virgil und Morgan Earp. Ich fasse es ja nicht, ich spreche mit Wyatt Earp!"

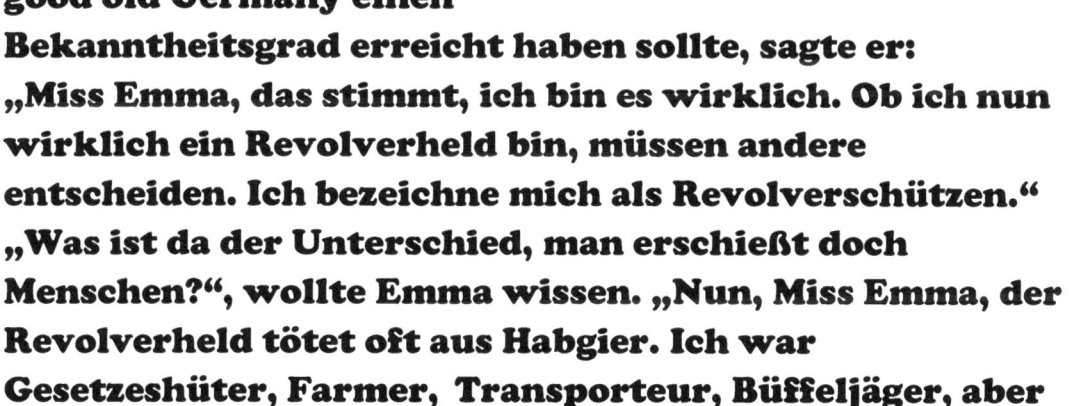

Erstaunt davon, dass er in good old Germany einen Bekanntheitsgrad erreicht haben sollte, sagte er: „Miss Emma, das stimmt, ich bin es wirklich. Ob ich nun wirklich ein Revolverheld bin, müssen andere entscheiden. Ich bezeichne mich als Revolverschützen." „Was ist da der Unterschied, man erschießt doch Menschen?", wollte Emma wissen. „Nun, Miss Emma, der Revolverheld tötet oft aus Habgier. Ich war Gesetzeshüter, Farmer, Transporteur, Büffeljäger, aber auch Saloonbesitzer. Ich habe mich oft wehren müssen, als Marshal musste ich Verhaftungen vornehmen. Ganz ehrlich, ich habe nie zuerst den Colt gezogen und geschossen. Es gab immer Gründe. Ich war ganz einfach schneller und konnte gut zielen. Also Revolverschütze wäre wohl besser angebracht." Dem konnte Emma nichts entgegenargumentieren. Im Gegenteil, nun war sie noch mehr von Wyatt Earp begeistert.

„Mein Vorschlag ist, Miss Emma, dass ich meine Geschäfte hier erledige und Sie mich dann nach San Diego begleiten. Dort verpachte ich Ihnen gern einen meiner Geschäftsräume für Ihr Schneidereigeschäft.", schlug Wyatt Earp vor. Emma willigte sehr erfreut ein.

Wyatt Earp zog 1886 mit seiner Frau Josephine nach San Diego. Beide waren sehr geschäftstüchtig. Den Earps gehörten mehrere Geschäftslokale. Auch spekulierte Earp gern mit Grundstücken. Zwar wurde Earp bekannt, auch in Berlin, durch seinen schnellen Colt, aber er war vielseitig interessiert und arbeitete professionell in allen Berufen. In Santa Fe interessierte er sich für zwei Ladenlokale. Schon lange beobachtete Earp die wirtschaftliche Lage in Santa Fe. Gerade der Santa Fe Trail ist eine historische Handelsroute in den Vereinigten Staaten. Earp traf sich mit den Verkäufern der Ladenlokale, sie wurden sich einig.

Nun organisierte er die Rückfahrt mit der Eisenbahn nach San Diego. In der Zwischenzeit arbeitete Emma wieder in einer Schneiderei. Hier lernte sie den Umgang mit Nieten. Die Idee, die Nähte von Hosen mit Nieten zu verstärken, hatte der Schneider Jacob Davis. Da er nicht das Geld hatte, um ein Patent anzumelden, wandte er sich an Levi Strauss. 1872 wurden zum ersten Mal die Ecken der Hosentaschen mit Nieten verstärkt. Patentiert wurde die Hose am 20. Mai 1873. Inhaber des Patents waren Strauss und Davis gemeinsam. Später wurde das braune Segeltuch durch den mit Indigo gefärbten blauen Baumwollstoff Denim abgelöst und die Jeans mit orangefarbenen Nähten und Nieten verstärkt und verziert. Schon früh wurde von der ursprünglichen Leinenwandbindung auf die stabilere Köperbindung gewechselt, was als Standard für die meisten Denimstoffe zum Einsatz kommt. Emma war nun gut gerüstet für einen Start in die Selbstständigkeit. Und da war ja auch noch die Suche nach ihrem Vater Robert.

An einem Mittwoch stiegen Wyatt Earp und Emma in den Zug nach San Diego. „Für die 1400 Kilometer werden wir wohl 2 bis 3 Tage brauchen. Irgendwo vor Phoenix sollen Schienen beschädigt worden sein. Wir werden uns noch um die Verpflegung kümmern müssen.", sagte Earp. „Das habe ich schon. Ich hoffe Sie mögen die Berliner Küche. Vor allem habe ich jede Menge Buletten gebraten." „Buletten? Das hört sich spannend an. Wachsen die in good old Germany?"
Beide lachten... der Zug fuhr los.

Die Reise verlief gut und friedlich. Bis kurz vor New River, der Ort wurde 1868 durch Darrell Duppa als Kutschenstation gegründet, der Zug plötzlich stoppte. „Hier hält der Zug nie, Miss Emma. Ich gebe Ihnen diesen kleinen Deringer zur Selbstverteidigung. Hier am Hahn ziehen, zielen und abdrücken. Man kann nie wissen.", flüsterte Earp. „Der ist ja niedlich.", so Emma. „Ja, aber höchst gefährlich. Mit einem solchen Deringer erschoss John Wilkes Booth am 14. April 1865 den US-amerikanischen Präsidenten Abraham Lincoln. Ich war damals Postkutschenfahrer und kam in Kontakt mit Alkohol. Mir ist danach so übel gewesen, dass ich nie mehr einen Tropfen trank. Wäre ich Marshal gewesen, könnte Lincoln vielleicht noch leben."

Plötzlich stürmten vier maskierte Männer mit gezogenem Colt den Waggon. „Hands up!", brüllte einer von ihnen. Der andere: „Ich sammele nun alle Wertgegenstände und Waffen ein. Bleibt ruhig, sonst gibt es Tote!"

Eine Frau im vorderen Abteil schrie panisch... ein Schuss fiel...
„Bleib ruhig, Emma", flüsterte Earp. Da die Gangster ihre Waffen gezogen haben und geladen in der Hand hielten, gab es für Wyatt Earp keine Möglichkeit sich ordnungsgemäß vorzustellen. Er beobachtete die Situation und wartete ab.
Die Banditen kamen näher, standen im Mittelgang, zielten auf die Passagiere und sammelten mit der anderen Hand die Wertsachen ein. Die Wertsachen und Waffen

steckten sie in an sich umhängende Postsäcke. Die Säcke füllten sich. Das könnte eine Chance sein, denn die Säcke könnten beim Schießen auf Earp hinderlich sein...
Earp wartete ab. Emma saß auf dem Fensterplatz.

Die Banditen kamen langsam näher. Noch 8 Meter... noch 7 Meter... 5 Meter... sie waren nah genug...
Wyatt Earp sprang auf, zog seinen Revolver, spannte ihn mit dem Daumen dabei und schoss das ganze Magazin leer. Die Banditen fielen zu Boden.
Earp ging zum nächsten Waggon, um zu sehen, was noch alles im Argen lag. Einer der Banditen richtete sich auf und zielte auf Earp, er spannte den Hahn. Er würde Earp in den Rücken schießen.

Geistesgegenwärtig zielte Emma mit der Deringer auf den Schurken und drückte ab. Der sackte leblos zusammen. Earp drehte sich um, sah die Situation und zeigte Emma das Victory-Zeichen. Earp lud seinen Revolver und ging durch jeden Waggon. Ausgeraubte und verletzte Reisende fand er vor. An der Lokomotive angekommen zog er seinen Revolver und schlich sich an. Emma folgte ihm. Der Lokomotivführer wurde erschossen. „Was machen wir nun?", fragte Emma. „Nun, wir fahren weiter.", sagte Earp. „Und wie?" „Ich habe in so vielen Berufen gearbeitet, ich war sogar Lokomotivheizer in ganz jungen Jahren." „Ich bewundere Sie, Wyatt Earp, mein Revolverschütze."

„Wenn ich mich noch recht erinnere, dann besteht eine Dampflokomotive immer aus einem Wagen mit einer Dampfmaschine. Im Brennraum wird Kohle verbrannt, diese heizt das Wasser im Kessel auf und dadurch entsteht Dampf. Der Wasserdampf wird zum Zylinder geleitet, wo er auf einen Kolben drückt und ihn bewegt. Dadurch wird die Dampflokomotive in Bewegung gesetzt. Das funktioniert im Wilden Westen genauso wie in Berlin." Beide lachten nun wieder. Wyatt schaufelte Kohlen in den Brennraum, dann stellte er den Hebel auf Vortrieb... die Eisenbahn bewegte sich und gewann schnell an Fahrt. ... ...

Während der Fahrt hatten sich Earp und Emma viel zu erzählen. Earp erzählte aus seiner Zeit als Marshal und Emma erzählte aus dem alten Berlin, von ihrer Tante Konstanze, den herrlichen Kleidern und den ersten aufkommenden Automobilen. „Automobil, was bedeutet das?", fragte Earp. „Das ist eine Kutsche ohne Pferd, ein

Selbstläufer sozusagen, das nennt man Automobil. Durch Berlin fuhr schon eines, es war ein Benz, ein sogenannter Benz Patent-Motorwagens, Typ 1." Und die Zeit verflog während der Fahrt.

San Diego wurde erreicht. Der Bahnhofvorsteher wunderte sich, dass der berühmte Wyatt Earp den Zug steuerte.
Nachdem der Sheriff von San Diego in die Erlebnisse eingeweiht wurde, machte Earp seine Frau und Emma miteinander bekannt. „Josephine, darf ich Dir Miss Emma vorstellen. Sie hat mir tatsächlich das Leben gerettet."

Auf dem Weg zum Haus der Earps wurden sie von Bürgermeister Joshua Bean begrüßt: „Ich danke Ihnen, Mister Earp, für Ihren Einsatz und für die

Rettung der vielen Menschen im Zug. Wenn ich einen Orden hätte… … …"

„Ja, ja", dachte Earp, „das übliche Geschwafel eines Politikers."

„… und weiterhin wird sich die Eisenbahngesellschaft erkenntlich zeigen.", kam der Bürgermeister zum Schluss. „Nun, Mister Bean, darf ich Ihnen Miss Emma aus Germany vorstellen. Sie hat mit mir tapfer gegen die Bande gekämpft. Miss Emma wird neben dem Friseur meine Räumlichkeiten anmieten und eine Schneiderei eröffnen. Sie ist spezialisiert auf Arbeitskleidung und Luxuskleidung für unsere höher gestellte Gesellschaft."

„Hört, hört… genau das haben wir in San Diego gebraucht. Ich darf Sie herzlich willkommen heißen, Miss Emma. Haben Sie auch einen Nachnamen?", fragte der Bürgermeister. Emma überlegte und wie aus der Pistole geschossen, sagte sie dann: „Von Beck, Emma von Beck." Natürlich war das nicht ganz die Wahrheit. Von Beck hieß ja nun ihre Tante Konstanze nach der Heirat mit Emanuel Freiherr von Beck, aber der Name Kaminsky, ein typischer Name aus Berlin, war nun wirklich nicht gerade ein Genuss für die Ohren im Wilden Westen.

In den folgenden Tagen und Wochen richtete sich Emma ihre Schneiderei ein. Auch kamen die ersten Kundenaufträge. Sie änderte zu große Hosen, Jacken, Westen und reparierte auch viel Kleidung. Sogar für die sogenannte feine Gesellschaft nähte sie herrliche Kleider.

Eines Tages kam Wyatt Earp in die Schneiderei. Ein Glöckchen bimmelte, genauso wie zu Zeiten von Tante Konstanze. „Miss Emma, ich möchte ankündigen, dass ich mit meiner Frau wieder nach San Francisco ziehen möchte. Die Familie meiner Frau ist dort beheimatet und ich kann mich mehr um meine Pferdezucht in Santa Rosa kümmern. Außerdem werde ich intensiv nach Ihrem Vater suchen. Die Goldminengesellschaft wird Buch darüber führen. Bevor wir den Umzug durchführen, möchte ich, dass Sie lernen, wie man mit dem Revolver umgeht."

Nicht weit von San Diego, so etwa zwischen Tijuana und San Diego, besaß Earp ein Stück Land. Tijuana wurde gerade gegründet und das Stück Land brachte viel Bares in Earps Kasse. Hier trafen sich Emma und Earp zum Probeschießen. Emma sorgte mit den Berliner Buletten für Nahrhaftes, Josie, wie Wyatt seine Frau nannte, brachte Wein mit, Wyatt war für die Waffen verantwortlich.

„Der Colt sitzt so tief am Bein, dass man bei lockerer Armhaltung schnell den Griff der Waffe erreicht. Bei einem Duell oder einer Verteidigung greift der Zeigefinger sofort zum Abzug... die Hand umschließt den Griff... der Colt wird aus dem Halfter gezogen... zeitgleich spannt der Daumen den Hahn... das geschieht alles ohne darauf zu schauen, denn man schaut dem Gegenüber in die Augen. Die Augen verraten, wann er seine Waffe zieht. Zieht er seine Waffe, ziehen Sie ebenfalls. Dort wo

Sie hinsehen, werden Sie auch schießen. Es gibt immer einen Schnelleren. Viele ziehen langsamer, sind aber bessere Schützen." Emma übte und übte. Zum Abschied schenkten die Earps Emma den Colt, den einmal Wyatts Bruder trug. „Sie können wirklich gut schießen, Miss Emma. Ich hoffe, dass Sie nie schießen müssen. Wir bleiben auf jeden Fall in Kontakt. Ich melde mich sofort, wenn ich von Ihrem Vater höre." Alle weinten beim Abschied, auch der sonst so knallharte Wyatt Earp.

Die Zeit verging. 1869 gab es ja die ersten Goldfunde in San Diego. Emma vermutete, dass ihr Vater ganz in der Nähe zu finden sei. So stand es auf jeden Fall in seinem letzten Brief. 1885 wurde San Diego an das Eisenbahnnetz angeschlossen. Ende 1889 stellten viele Goldmienen die Schürfung wieder ein. Drastisch fiel die Bevölkerungszahl von 40000 Einwohnern auf unter 16000. Für Emma gab es immer genug zu tun, aber die Stadt veränderte sich. Leider nicht zum Guten.

Die Zeit des Wilden Westen ging nun langsam vorbei. Indianerkriege gab es nicht mehr. Aber Ganoven gab es schon immer und wird es wohl auch immer geben.

Eines Tages, noch vor 1900, ritten Männer in die Stadt. Ausgerechnet in den Stadtteil, wo Emma ihre Schneiderei hatte. Schräg gegenüber eröffneten ein Saloon und ein Glücksspielhaus. Bei den Männern handelte es sich um Jack Miller und seine Gang. Der Sheriff, in die Jahre gekommen, konnte wenig ausrichten. „Wir haben in San Diego eine Waffenfreie Zone. Darf ich um Ihre Waffen bitten, meine Herren.", sagte der Sheriff beim Betreten des Saloons. Noch bevor er richtig aussprechen konnte, wurde er von hinten erschossen. Es war ein brutaler Mord. Der Telegrafist musste alles mit ansehen, genauso Emma. Schnell lief Harry, der Mann vom Telegrafenamt, zu seinem Büro, um dem Marshall zu telegrafieren. Einer von Millers Männern nahm das Gewehr aus dem Sattelhalfter... legte an und schoss Harry in den Rücken. Der nächste Mord, brutal, so wie die Bande bekannt war. Emma lief in ihre Schneiderei zurück. „Hey, was ist denn da für ein Täubchen. Jungs, kommt mal mit." Jack Miller und fünf seiner Ganoven schlugen die Tür zur Schneiderei ein. Sie packten Emma... zerrissen ihr die Bluse... rissen ihren Rock vom Körper und vergewaltigten sie. Einer nach dem anderen verging sich an Emma. Dann ließen sie Emma neben der Nähmaschine liegen.

Jakob, Schmied in San Diego, sah die Vergewaltigung. Schnell lief er zu Emma. „Wenn ich doch nur jünger wäre, dann würde ich es den Schurken zeigen. Emma, sie haben das Telegrafenamt verwüstet. Wir können noch nicht einmal Wyatt Earp verständigen. Aber Hauptsache Du lebst."

Vier Tage später, Emma wurde wieder vergewaltigt... weitere drei Tage später schon wieder. Auch Emmas Schießkünste würden nichts helfen, nicht gegen diese Übermacht. Da braucht es schon einen Wyatt Earp zu.

Emma schwor nach Rache. Sie schlich zum Schmied: „Jakob, hilf mir. Bitte baue den Colt von Wyatt Earps Bruder folgendermaßen um. ... ..."

Nach drei Tagen brachte Jakob Emma den Umbau. Am nächsten Tag hatte die Bande es einmal wieder nötig. Zu viert schlenderten sie über die staubige Straße. Die weiteren fünf Männer standen vor oder im Saloon. „Jungs, Ihr seid nach uns dran. Die Puppe verträgt etwas." Sie traten die Tür ein und bauten sich vor der Nähmaschine, hinter der Emma saß, auf.
„Komm her, Süße, jetzt geht's in zwei Etappen zur Sache." Emma begann das Nähmaschinenpedal mit den Füßen in Bewegung zu setzen. „Du kannst später weiternähen, wenn wir mit Dir fertig sind."
Emma griff unter die Nähmaschine... plötzlich schoss Emma im Sekundentakt auf die Vergewaltiger... einer nach dem anderen Schurken wurden durchlöchert.

Schnell liefen die anderen zur Schneiderei. Sie zogen ihre Kanonen, wussten aber überhaupt nicht was Sache war. „Jack, was ist los? Wer schießt hier?" Im Laden angekommen, sahen sie ihre Kumpanen tot auf dem Boden liegen. „Du Schlampe! Jetzt bist Du dran!"

Emma trat wieder auf das Nähmaschinenpedal und Kugel für Kugel traf die Männer tödlich. Die Gang war ausgelöscht.

Wie konnte Emma das schaffen? Nach Emmas Vorgaben baute der Schmied eine Schnellschussanlage. Der Colt wurde beweglich unter der Nähmaschine angebracht. Schubstange, Kurbelachse und Riemen tauschte er gegen eine Kette mit Patronen aus. Statt der Trommel im Revolver baute er eine Schiene ein, auf der die Kugeln vor den Lauf geschoben wurden. Trat Emma nun auf das Pedal, wurde Kugel für Kugel vor den Lauf transportiert. Emma musste nur noch den Hahn immer wieder spannen und loslassen. Den Abzug baute der

Schmied aus. Insgesamt verschoss Emma 228 Kugeln, davon trafen 96 Kugeln die neun Vergewaltiger.

Tage später traf der Bezirksmarshal in San Diego ein. Er musste Emma verhaften. Emma wurde vom Staatsanwalt in Los Angeles angeklagt, in Selbstjustiz neun Männer getötet zu haben. Der Gerichtstermin stand an. Emma und ihr Anwalt plädierten auf Freispruch. Der Staatsanwalt auf neunfachen Mord. Irgendwie wurde die Wahrheit immer mehr verdreht. Woher hatte der Staatsanwalt solche Informationen?
Emma verzweifelte. Der Staatsanwalt wurde immer gemeiner. Emma schämte sich, Einzelheiten der Vergewaltigung zu erzählen, so wie der Staatsanwalt es forderte. Immer wieder rief Emmas Rechtsanwalt: „Einspruch, Euer Ehren! Einspruch!"

Der Schmied wurde ebenfalls angeklagt. Seine Aussage gestrichen, die Emma entlasten könnte. Was passierte hier? Emma wünschte sich nur noch zurückzureisen nach Berlin, zu Tante Konstanze oder zu Papa Robert...

Plötzlich ging die große, schwere Tür zum Gerichtssaal auf. Die Sonne blendete etwas, so dass man nicht sah, wer hereinkommt. Starke Schritte mit Geräuschen von Sporen waren zu hören. Man ging direkt auf den Richter zu. Der Gerichtsdiener griff zur Waffe.

„Mein Name ist Marshal Wyatt Earp, ich bitte das hohe Gericht um Gehör." „Wer ist da noch bei Ihnen, Marshal?", fragte der Richter. „An meiner Seite ist der ehrenwerte Robert Camsy, er ist ein einflussreicher Ölmagnat hier in Los Angeles. Aber das tut nichts zur Sache, er ist in Sachen Emma Kaminsky, alias Emma von Beck hier."

Emma drehte sich um... „Papa! Papa!", rief sie.

„Bitte Ruhe!", so der Richter. „Haben Sie etwas zur Sache beizutragen, Marshal?"

„Ja, Euer Ehren. Hier habe ich noch Bob Miller als Gefangenen mitgebracht. Er ist der Bruder vom getöteten Jack Miller. Bob Miller setzt Ihren Staatsanwalt unter Druck. Ihr Staatsanwalt hat Spielschulden in Bob Millers Saloon. Ich denke, dass die Anklage fallengelassen werden muss." Ohne zu zögern beendete der Richter die Sitzung. Er glaubte Emma von Anfang an und fand die Fragen des Staatsanwaltes als erniedrigend und peinlich für Emma. Emma fiel überglücklich ihrem Vater in die Arme. Wyatt Earp bekam einen Kuss auf die Wange.

„So, liebe Miss Emma, ich konnte mich revanchieren. Kommen Sie uns doch besuchen, meine Frau wird sich freuen.", sagte Earp. „Revanchieren? Wofür?", fragte Robert. „Ach Papa, das ist eine lange Geschichte.", schmunzelte Emma.

Wyatt Earp ging wieder seiner Wege. Emma und ihr Vater fuhren mit der Kutsche auf die CAMSY RANCH. „Ja, liebe Tochter, das könnte nun Dein zuhause werden. Nach dem Goldfund investierte ich in Öl. Auf unserer Ranch sind große Ölfelder." „Und wieso nennst Du Dich Robert Camsy?" „Nun, Kaminsky ist nun wirklich kein schön klingender Name hier im Wilden Westen." Beide lachten. Auf der Ranch angekommen, lernte Emma den Vorarbeiter und Mitbesitzer Joe Warren kennen. Beide verliebten sich ineinander und heirateten. Das Brautkleid schneiderte Emma natürlich selbst. Eine Schneiderei eröffnete Emma nicht

mehr. Sie baute ein Team mit Schneiderinnen auf und fertigte Arbeitskleidung für die Cowboys der Ranch und für die Angestellten der Ölbohrtürme an. Später wurde eine spezielle Kleidung für die Arbeiter hergestellt, die

mit den Ölbohrungen zu tun hatten. Diese wurde weltweit später bestellt.

Es wurde die Firma

CAMSY SPEZIAL ARBEITSKLEIDUNG
gegründet.

Emma und Joe Warren bekamen vier Kinder.
Irgendwann wollen alle noch einmal nach Berlin und die
Schneiderei besuchen. Sehen, wer noch lebt, echte
Berliner Buletten genießen, ganz einfach die alte Heimat
besuchen... aber das ist eine andere Geschichte!

Langsam wurde es also ruhiger im Wilden Westen. Wyatt Earp zog es irgendwann schließlich nach Hollywood, wo er bei Filmdreharbeiten die Bekanntschaft einiger berühmter Schauspieler machte. Bei einer dieser Dreharbeiten traf er mit einem Nachwuchsschauspieler zusammen, der später unter dem Namen John Wayne bekannt wurde. Wayne erklärte später, dass er sich sein Westernimage aufgrund dieses Zusammentreffens mit Earp zulegte.

In Berlin sollte ein Opernstar geboren werden – Charlotte Baronin Bergedorf zu Lippstein.

Sprichwörtlich ist das Berliner Tempo. Um 1900 lebten mehr als zwei Millionen Menschen in Berlin und Fahrzeuge aller Art belebten das Straßenbild. Von den Trams, elektrischen Wagen und Droschken, Drei- und Zweirädern sah man viele herumfahren. Ein sehr lautes Getöse, das für den Provinzler kaum auszuhalten war. Die ersten Straßenbahnen fuhren, Geschäfte und Gastwirtschaften schossen wie Pilze aus dem Boden.

Heinrich Zilles Milieu lebte. Alle waren glücklich und zufrieden. Zilles Bilder spiegelten das einfache Hinterhofleben wieder. Der typische Berlinerische Dialekt gehörte natürlich dazu. In dieser Zeit stand Berlin in voller Blüte. Die Industrie wuchs enorm. Es gab kaum Arbeitslosigkeit und ein pralles Nahrungsangebot war vorhanden. Die Einwohnerzahl stieg, da hier immer mehr Menschen aus dem Ausland leben wollten. Konstanzes Schneiderei am Potsdamer Platz florierte und klein Erna sah immer gern dem Leierkastenspieler zu, der in den Hinterhöfen für einen Groschen spielte. Dabei rutschten ihr die Strümpfe herunter und verträumt lutschte sie an ihrem Daumen. Im Theater am Kurfürstendamm sang Charlotte vor. Sie war gerade mit dem Gesangstudium fertig und hatte eine herrliche Sopranstimme. Charlotte war zwanzig Jahre jung, sah blendend aus und strahlte sehr viel Lebensfreude aus. Keiner wusste von ihrem Geburtsfehler. Geschickt konnte das Mädchen sein Problem verbergen. Mit langen Kleidern ging es gut, die Aufmerksamkeit auf andere Dinge zu lenken. Sie war sehr schön, hatte eine prächtige Stimme und eine gewaltige Ausstrahlung. Charlotte bekam ohne Umschweife die Anstellung. Talentiert, wie sie war, bekam sie bald schon einige Angebote aus dem Ausland. Doch die junge Frau wollte nicht aus ihrer Heimatstadt heraus. Sie war aus gutem Hause. Ihre Eltern – Baron und Baronin Bergedorf zu Lippstein – bewohnten ein großes Herrenhaus in Charlottenburg.

Charlotte hatte dort eine ganze Etage für sich, mit herrlich eingerichteten Zimmern. Nein, warum sollte sie jemals ausziehen? Das Theater am Kurfürstendamm war ständig

ausverkauft, denn alle lagen der jungen Sopranistin zu Füßen. Charlotte sonnte sich in ihrem Ruhm und ihre Eltern waren stolz auf sie. Einige Jahre vergingen. Die Entwicklung Berlins ging rasant weiter. Charlotte war mittlerweile eine gefragte Künstlerin und das Theater platzte jedes Mal aus allen Nähten, wenn sie auftrat. Doch eines Tages wurden ihre Eltern krank. Erst der Vater, der schließlich an einer Lungenentzündung starb und den sie bis zuletzt pflegen musste. Kurze Zeit später wurde die Mutter schwer krank und musste gepflegt werden. Es vergingen wieder Jahre. Jahre der Pflege und des Stillstandes ihrer Karriere, denn während sie sich um ihre Eltern kümmerte, konnte sie nicht auftreten. Charlotte sah man an, dass die Jahre nicht spurlos an ihr vorübergegangen waren. Sie wurde in einigen Monaten 26 Jahre alt und hatte, trotzdem sie lange nicht sang, ihre Stimme nicht verloren. Sie sprach und sang wieder im Theater am

Kurfürstendamm vor. Und abermals nahm man sie auf und stellte sie an. Der Erfolg kam zurück. Doch die Aufführung von Tristan und Isolde würde sie so schnell nicht vergessen. Während des zweiten Aktes, sie sang gerade ihre Arie, schrie jemand laut durch die Zuschauermenge: „Von der Bühne runter, einen Krüppel wollen wir nicht sehen!" Ein entsetztes Raunen ging durchs Publikum. Dann wieder der gleiche Zwischenruf. Dieses Mal noch lauter: „Hau' endlich ab, wir brauchen dich nicht!"

Charlotte hörte es, rannte von der Bühne und verbarrikadierte sich in ihrer Kabine. Sie weinte laut und beruhigte sich nicht. Mit einem Mal waren alle ihre Zukunftspläne und ihr Selbstvertrauen zerstört. Sie ging aus dem Theater und lief kopflos auf die Straße. Charlotte merkte nicht, dass hinter ihr ein junger Mann, elegant gekleidet und dazu noch gut aussehend, herlief. Er versuchte sie zu beruhigen. „Hallo, Fräulein Charlotte, bleiben Sie doch stehen, warten Sie, ich möchte mich bei Ihnen vorstellen."

Die Sopranistin drehte sich um und traute ihren Augen nicht. Was für ein Mann, dachte sie. Das kann es doch eigentlich gar nicht geben. Diese Schönheit war kaum zu fassen. Sie blieb stehen und trocknete schnell mit einem Seidentaschentuch ihre Tränen. Sie wollte nicht, dass dieser Herr sie so sah.
„Ja, ja..." stotterte Charlotte, „schon gut, wer sind Sie denn?" Der elegante Herr antwortete: „Ich will mich

vorstellen. Mein Name ist Konsul Brinkhaus. Ich besuche regelmäßig Ihre Vorstellungen und bin von ihrer Schönheit und natürlich von Ihrer Stimme begeistert." „Aber warum laufen Sie mir nach? Mir kann doch niemand helfen. Und auf diese Bühne gehe ich nicht zurück. Ich schäme mich so." „Charlotte", sagte Konsul Brinkhaus. „Bitte hören Sie mir mal zu. Ich bin der Meinung, dass es schändlich ist, was da passierte.

Was dieser Mensch sich dabei gedacht hat, weiß ich nicht, aber ich weiß eines: Sie sind jung, schön und unglaublich talentiert. Ihre Stimme hat einen besonderen Klang. Etwas Liebliches klingt darin mit, wenn Sie singen. Darum bitte ich Sie, weiterzumachen. Nehmen Sie keine Rücksicht auf diese Neider. Sie hassen, weil sie selbst nicht erfolgreich sind. Das hat wenig mit Ihnen zu tun." „Herr Konsul, wenn ich Ihnen doch nur glauben könnte." „Charlotte, das können Sie. Außerdem bitte ich Sie, mich bei meinem Vornahmen zu nennen. Ich heiße Lorenz. Ich habe längst erkannt, was in Ihnen steckt und ich sah Ihre Behinderung, die aber für mich nicht existiert, da ich mich ..." Er stockte und wollte nicht weiter reden. Charlotte errötete heftig und wäre am liebsten ganz tief in den Erdboden versunken. „Lorenz wissen Sie, ich wurde so geboren und bin damit bisher gut durchs Leben gegangen. Meine Eltern sind kurz nacheinander verstorben. Ich hatte sie gepflegt, sie waren krank. Nun wohne ich allein in dem großen Herrenhaus in Charlottenburg und wollte mir den Traum von der großen Operndiva erfüllen. Aber ich bin erst mal schockiert." „Darf ich Sie zum Essen einladen?", fragte Konsul Brinkhaus. „Natürlich dürfen Sie, sehr gerne sogar.", sagte Charlotte. „Schon allein deswegen, weil Sie so liebenswürdig sind und mich aufheitern wollen." „Gut", sagte Lorenz, „dann treffen wir uns morgen im Restaurant Unter den Linden um 18 Uhr?" „Das ist mir recht", entgegnete die junge Frau. „Und nun", sagte Brinkhaus, „gehen wir gemeinsam zurück zum Theater und reden mit den Leuten." Charlotte war einverstanden.

Am nächsten Tag trafen sie sich zum Essen und die Stimmung zwischen ihnen war locker und freudig. Charlotte ging aus sich heraus und war noch nie so mit sich im Reinen. Sie fühlte etwas Wunderbares. Konsul Brinkhaus war sehr witzig und seine lockere Art gefiel ihr ausgesprochen gut. Charlotte Selbstwertgefühl stärkte sich wieder. Sie trafen sich nach fast jeder Vorstellung und Lorenz gestand ihr seine Liebe.
„Auch ich finde Sie sehr liebenswert. Jedoch, um Sie zu lieben, benötige ich noch etwas Zeit."
Der Konsul hatte Verständnis und wartete.
Bis dann doch eines Tages der Zeitpunkt gekommen war, um ihr einen Heiratsantrag machen zu können.

Sie heirateten prunkvoll und viele Gäste kamen zur Hochzeit. Das Hochzeitskleid wurde selbstverständlich in Konstanzes Nähstübchen geschneidert.

Das Herrenhaus von Charlotte verkauften sie und beide zogen in die Villa des Konsuls. Charlotte und Lorenz bereisten die ganze Welt, denn die Stimme der jungen Frau war überwältigend und alle lagen ihr zu Füßen. Sie wurden sehr glücklich und das Leben im alten Berlin ging weiter. Zille malte seine Bilder, der Verkehr auf den Straßen wurde immer rasanter, die Gartenlokale

und Geschäfte florierten. Konstanzes Schneiderei konnte sich vor Aufträgen kaum retten. Es ist immer wieder eine Freude, aus dem alten Berlin zu berichten, denn diese schöne Zeit werden wir stets in guter Erinnerung behalten.

Es gibt Anzeichen dafür, dass Außerirdische seit Menschengedenken die Erde besucht haben. Noch bevor der Westen in Amerika wild wurde, sprich der Wilde Westen, deutet vieles darauf hin, dass es Besucher gab. Vielleicht auch um 1880 herum? Auf jeden Fall sorgten Gesetzeshüter für Recht und Ordnung. Auch im Jahr 2480 kämpften die Marshals dafür. Wie sie ihre gefährlichen Aufgaben erfüllen, was passiert wenn sich das Polizei-Raumschiff STAR MAR 8 einem Schwarzen Loch zu sehr nähert, was sie im Wilden Westen erleben… in diesem Science-Fiction-Western erfahren Sie es.

Unsere Galaxis ist aufgeräumter geworden, nicht etwa was die Sterne und Planeten angeht, es geht um die Kriminalität. Im 25. Jahrhundert schlossen sich 128 Planeten unserer Galaxis zusammen und gründeten das STAR MARSHAL OFFICE. Diese Polizei im Universum hat ihr Hauptquartier auf dem Mars. Der Mars ist Lebensraum für viele Menschen geworden, aber auch viele Außerirdische leben in Städten wie Lincoln oder Grosnau. Über den Präsidenten Abraham Lincoln wissen wir natürlich vieles, auch Jahrhunderte später. Krock Grosnau ist das Oberhaupt des Planeten Amesis. Gerade er war es, der für Gerechtigkeit und Ordnung in unserer Galaxis, der Milchstraße, plädierte und die restlichen 127 Planeten zusammenbrachte. Auf dem Mars entwickelten sich mittlerweile 80 Städte. Ein Hauptgrund den Mars zum Hauptquartier zu machen, war es, dass seine

Anziehungskräfte geringer sind, als auf der Erde. Denn Ursprünglich wurde die Erde als Zentrale der POLICE IN THE UNIVERSE auserwählt. Außerdem kreisen ständig 8 Polizei-Raumschiffe um den Mars.

„Hauptquartier an Marshal Stan Thor. Bitte melden Sie sich im Einsatzkommando auf dem Mars im Star Marshal Office Raum 34", ertönte es aus dem L-Com. Stan Thor arbeitete gerade wieder an einem uralten Colt. Im Entspannungsraum kämpfte er immer gegen virtuelle Gegner. Das waren auch schon einmal Billy the Kid und andere Revolverhelden. Seine Gedanken waren oft bei seinem Großvater. Greg Thor erzählte seinem Enkel oft etwas über die Vergangenheit. Da war eben immer dieser Sheriff aus Omaha in Nebraska am Missouri. Opa nannte ihn immer nach seinem Enkel Stan. So entstand ein Sheriff im Wilden Westen in der Erinnerung von Stan Thor. Der Star Marshal legte den alten, aber frisch geölten Colt beiseite und meldete sich über L-Com. „Thor, Stan Thor hier über L-Com. Was gibt es?" „Hier General Jackson vom Mars Hauptquartier. Stan, komm' in die Klamotten, dein Einsatz wird benötigt. Ich freue mich, dass Du diesen Fall übernimmst. Wir haben uns ja lange nicht gesehen. Wir wollen uns nach Deinem Einsatz treffen, geht das klar?", fragte der General. Clint Jackson und Stans Vater waren Pioniere des STAR MARSHAL OFFICE. In den Anfangszeiten kämpften sie Rücken an Rücken für Recht und Ordnung. „Geht klar, General. Ich freue mich von Dir zu hören.", antwortete Stan. Der

General weiter: „Gut, ich übergebe jetzt an Botschafter Kongros vom Planet Mendrok... ... ... Marshal, wir benötigen ihre Hilfe. Ich habe über geheime Kanäle erfahren, dass eine unbekannte Macht die Führung unseres Heimatplaneten bedroht. Es wird wohl wieder um Erze gehen. Ich gebe den Einsatzbefehl KL-456-UG4." „Ich habe verstanden, Botschafter. Meine Mannschaft stelle ich sofort zusammen. Ich werde über L-Com Kontakt zu ihnen halten", so der Marshal. L-Com ist die Sprach- und Bildübertragung im 25. Jahrhundert. Da die Raumschiffe mit weit über der Lichtgeschwindigkeit fliegen, muss der Zeitunterschied zwischen Raumschiffen und Raumstationen ausgeglichen werden. Die genaue Bezeichnung lautet: Lichtgeschwindigkeits- Ausgleich-Kommunikator, nach dem Erfinder Professor Elias Wardenga aus Deutschland.

Marshal Stan Thor machte sich nun daran, die Mannschaft aufzustellen, die für diesen Einsatz am geeignetsten zu sein scheint. In seiner Bibliothek sind alle Frauen und Männer des STAR MARSHAL OFFICE vertreten. Jetzt musste er nur noch die Verfügbarkeit abrufen. „Hoffentlich ist Korogon vom Planet Amesis abrufbereit. Er kennt seinen Heimatplanet am besten", murmelte Stan, auf dem Bildschirm schauend, so vor sich hin. „Ach, ich werde ihn sofort kontaktieren." Stan nahm das Mikrofon und schaltete L-Com auf senden. „Stan Thor über L-Com an Marshal Korogon... bitte melden... Dringlichkeitsstufe 999ROT3." Jetzt konnte es einige Zeit dauern bis der Kontakt hergestellt wird. Der Lichtgeschwindigkeits-Ausgleich-Kommunikator musste schließlich viel berechnen. War Marshal Korogon nur „um die Ecke" oder viele Lichtjahre entfernt zu finden? Stan Thor schrieb in der Wartezeit seine Liste weiter zusammen. „Mmh... auf jeden Fall will ich Gains dabei haben, auf jeden Fall." Marshal Greg Gains war Stans Freund seit der Kindheit. Beide gingen den Weg der Polizei-Schule gemeinsam. Beide konnten sich jederzeit aufeinander verlassen. Beide retteten sich viele Male gegenseitig das Leben. Greg Gains ist seit 20 Jahren verheiratet, 2 Kinder, ein Haus in Florida. Es war eines der letzten Grundstücke in Florida, welches durch den Präsidenten vergeben wurde. Gains war maßgeblich daran beteiligt, dass der Präsident heute noch lebt. „Hi, hier Korogon. Alles Roger bei Dir, Stan?", ertönte es aus dem L-Com. „Na, Du wirst ja auch immer amerikanischer, Korogon. Ich freue mich, dass Du dich meldest.", sagte Stan Thor. „Ist doch klar. Ich habe bereits auf Deinen Anruf gewartet. Auf meinem Heimatplanet ist ja wohl die Hölle los.", so Korogon. „Stimmt, gib mir doch bitte Informationen. Um welche Erze handelt es sich?", fragte Stan Thor. „Krysilium, Stan, es handelt sich um Krysilium. Es ist leicht zu verarbeiten. Wird Krysilium langsam unter Druck gesetzt, dann gibt es kontinuierlich seine Energie frei. Schlägst Du auf Krysilium, dann explodiert es mit einer unvorstellbaren Kraft", erklärte Marshal Korogon. „Unglaublich, dieses Krysilium.

Übrigens, wo bist Du gerade?", so die Frage von Marshal Thor. „Ich stehe bei Dir vor der Tür! Haste mal ein Bier?"

Jetzt gingen die Marshals die Liste durch. Sie entschieden sich für Marshal Gains, Marshal Stark vom Planet Demus, Marshal Ricardo von der Erde, sowie die Deputys Norgon und Fenston von der Einsatzzentrale Kredok 07. Dazu kommt natürlich noch die ständige Besatzung des Polizei-Raumschiffs STAR MAR 8.

Keine 12 Stunden später startete dann das Raumschiff. Bis zum Planet Mendrok waren es gute 3 Tage Flugzeit bei 6-facher Lichtgeschwindigkeit. „Marshal Stan Thor an das Mars Hauptquartier." „Hier Mars Hauptquartier, bitte sprechen Sie, Marshal." „Wir sind auf dem Weg zum Einsatzort. Bitte übermitteln sie alle Informationen und Daten über L-Com. Wir melden uns und geben einen Statusbericht. Marshal Stan Thor... Ende."

Kurz vor ihrem Ziel ging die STAR MAR 8 auf Unterlichtgeschwindigkeit. Provokativ und siegessicher patrouillierten drei Raumschiffe versetzt um den Planet Mendrok. „Projektor einschalten!", befahl Marshal Thor. Der Ton wurde nun Ernst. Vorbei mit „haste mal ein Bier", jeder war sich der Aufgabe bewusst. Jeder wusste, dass Krysilium eine ungeheure Macht in den Händen von Terroristen ist. Jeder war aber auch bereit, sein eigenes Leben für viele Milliarden Lebewesen im Universum zu opfern. Denn es sind die Star Marshals, die im Weltraum für Recht und Ordnung sorgten. „Projektor ist eingeschaltet, Marshal", verkündete der Navigator der STAR MAR 8. Der Projektor projizierte nun den Weltraum, der hinter dem Raumschiff zu sehen war, vor das Raumschiff. Dazu waren insgesamt 8 Projektoren nötig, die an allen Ecken des Schiffs eingebaut waren. Marshal Korogon rief: „Es sind Trüpiden-Schiffe!" „Erkläre das genauer", antwortete Stan Thor. „Mit den Trüpiden hatte wir schon einmal zu tun. Über etliche Jahrhunderte und von Generation zu Generation reisten sie im Tiefschlaf in unsere Galaxis, um nach Beute zu suchen.", erklärte Korogon.

„Ich orte zwei verschiedene Arten von Lebensformen im Amtssitz auf dem Planet Mendrok.", analysierte der erste Offizier der STAR MAR 8. „Und ich erkenne auf dem Bildschirm ein weiteres Schiff der Trüpiden", sagte der Navigator aufmerksam. „Typisch", erkannte Marshal Korogon. „Sie halten unsere Politiker gefangen und erzwingen Beute. Dann folgt der Raumfrachter zur Verladung." „Vorschläge!", rief Stan Thor in die Runde. „Wir vernichten die drei Raumschiffe und den Frachter!", brachte sich Deputy Norgon ins richtige Licht. „Es ist noch ein weiter Weg zum Marshal für dich", antwortete Marshal Stark. „Sorry.", so der Deputy kleinlaut. „Krogon, kommen wir unbemerkt in euren Amtssitz?", fragte Stan Thor. „Ja, wir Marshals vom Planet Mendrok haben die Codes für die fünf unterirdischen Fluchtgeheimgänge."

„Gut, dann arbeiten wir jetzt einen Plan aus. Wieviel Zeit haben wir bis zum Eintreffen des Frachters?", so Marshal Thor. „Etwa zwei Stunden", schätzte der Navigator. Nach 43 Minuten stand der Plan. Die Körpertransporter sollten die Marshals und Deputys in die unterirdischen Geheimgänge befördern. „Hoffentlich stimmen alle Koordinaten, mein lieber Freund Korogon. Sonst war es das mit dem Bier, dann werden wir in einem Felsen materialisiert", lachte Marshal Stan Thor. „Ich habe alle Daten so gut wie möglich geschätzt", flachste Marshal Krogon. „Waaas? Geschätzt?", schrie Deputy Fenston. „War nur Spaß", erwiderte Krogon. In dem Augenblick drückte Taktiker Ross Corwell der STAR MAR 8 auf den Transportknopf. Auch Ross Corwell hätte sich an dem Befreiungsunternehmen beteiligen können, er hatte Ausbildungen in allen Kampfsportarten absolviert. Aber er gehört zur Verteidigungscrew des Raumschiffes. Außerdem sind im Jahr 2480 das Tragen und Benutzen von Waffen nur den Marshals und Deputys gestattet. Gespannt schaute Corwell auf seine Monitore und Datenbänke. „Geschafft Leute! Sie sind gut angekommen, alle Lebenssignale sind im grünen Bereich. Bei Deputy Fenston sehe ich einen erhöhten Pulsschlag", sagte Corwell. „Bei dem Spaß zuvor von Korogon... kein Wunder", lachte der Navigator. Captain des Raumschiffs STAR MAR 8 war Lydia Gohr. Jeden Einsatz, den Marshal Stan Thor hatte, erlebte sie mit wackeligen Knien mit, denn sie war sehr an Stan interessiert. Zumal Stan auch noch ein sehr attraktiver Junggeselle war. Kurz bevor der Funke überspringen konnte, beide amüsierten sich im Freizeitraum an der Bar, wurde die STAR MAR 8 angegriffen. Beide verschoben ihr Rendezvous dann auf unbestimmte Zeit. „Maschinen auf Bereitschaft einstellen. Fluchtgeschwindigkeit in Richtung Erde berechnen. Kampfplätze besetzen, falls die Jungs Schwierigkeiten bekommen", befahl Lydia Gohr mit fester Stimme.

In der Zwischenzeit verteilte Marshal Stan Thor die Aufgaben im Untergrund des Amtssitzes der Führung des Planeten Mendrok. Plötzlich Geräusche. „Ruhig Männer", flüsterte Stan Thor. „Wahrscheinlich haben die Trüpiden die Geheimtüren entdeckt", sagte Korogon. „Ich gehe vor, Stan. Nimm meine Ausrüstung und meine Waffen. Sie denken, dass ich ein Arbeiter wäre. Ich habe einen Plan", so Korogon weiter. Er ging mit einer Spitzhacke in den Händen, die vor langer Zeit beim Bau der Gänge gebraucht wurde, laut pfeifend direkt auf die Kidnapper zu. „Hallo Leute, wir haben eine neue Quelle des Erzes gefunden. Nanu? Wer seid ihr denn, solch nackte Gestalten habe ich auf unserem Planeten noch nie gesehen?" Sofort schlug ihn einer der Trüpiden nieder. Nun, im Gegensatz zu den Bewohnern des Planeten Mendrok, die mit einem dichten Körperpelz ausgestattet waren, sahen die Trüpiden wirklich blass und kahl aus. Waffen wo man nur hinblicken konnte, ein militärisches auftreten, gepaart mit einem grimmigen Gesichtsausdruck. Die Marshals waren in sicherer

Entfernung. „Müssen wir nicht eingreifen?", flüsterte Ricardo fragend. „Er weiß, was er tut", so Stan Thor. Benommen stand Korogon auf. Es folgte der nächste Schlag. „Wo sind die Erze? Führe uns sofort dort hin", ertönte es aus den Übersetzungskommunikatoren der Trüpiden. Laut rief Korogon: „Ach, könnt ihr nicht in unserer Sprache kommunizieren? Braucht ihr also Übersetzer? ÜBERSETZER braucht ihr also!" „Marshal Stan Thor verstand den Wink sofort. Bei Übersetzern spielte es keine Rolle wer spricht, es wurde alles per Computerstimme ins Trüpidische übersetzt. „Sage sofort wo die Erzquelle ist, Arbeiter, sonst..." „Keine Panik! Ich will mein Leben behalten. Folgt mir", sagte Korogon. Er führte die vier Trüpiden direkt auf die Marshals zu. In seinem dichten Pelz hatte er eine Strahlenkanone versteckt. Blitzschnell zückte er das Ding, drehte sich um und feuerte. Gleichzeitig standen die Marshals im Gang und zogen wie in einem Western ihre Kanonen. Die Trüpiden überlebten dieses Duell nicht. Marshal Ricardo blies wie Clint Eastwood den Rauch aus dem Lauf, nur rauchte im 25. Jahrhundert nichts, es waren schließlich Laserkanonen. „Gut, dass du deine Kanone in deinem Pelz verstecken konntest, alter Freund", freute sich Stan. „Ja, sonst fühle ich mich wirklich sehr nackt", erwiderte Korogon lachend. „So Männer, Planänderung. Über den Übersetzungskommunikator lotsen wir so viele Trüpiden wie möglich hierher. Korogon und ich verstecken uns vor der Tür des Amtssitzes und versuchen mit dem Rest fertigzuwerden. Danach greifen wir von hinten an und nehmen die Bande ins Kreuzfeuer", ordnete Marshal Thor an. „Lass' mich in den Kommunikator sprechen. Ich hörte, wie einer mit einem Krockzeck sprach", so Marshal Korogon. „Mache es, wir räumen die Leichen beiseite", sagte Stan. „Ich rufe Krockzeck, ich rufe Krockzeck!", rief Korogon in den Kommunikator. „Du hörst dich so anders an, Nimzock. Was ist los?", ertönt es aus dem Kommunikator. „Die Erze stören den Kommunikator. Wir haben eine Goldgrube gefunden. Erze in Hülle und Fülle. Kommt herunter um uns zu helfen. Der Frachter soll sich bereit machen und die Schutzschilder runterfahren.", befahl Korogon per Übersetzungskommunikator. „Unser Frachter hat gar keine Schutzschilder. Nimzock, bist Du das wirklich?", ertönte es. Die Sache schien aufzufliegen. Da fand Stan bei einem getöteten Trüpiden eine Flasche Plohm, das ist ein alkoholisches Getränk auf Mendrock und warf sie vor Korogons Füße. „Ich meine diese Schutzschilder, oder wie heißt das denn, diese Schutzetiketten vom erbeuteten Plohm, damit wir alle anstoßen können. Wir waren schließlich erfolgreich!", sagte Korogon. „Ha, ha, ha! Ja, Du hast Recht Nimzock! Auf den Erfolg und die Beute!"

Die Marshals Thor und Korogon liefen schnell zum Eingang und versteckten sich. Die Geheimtür öffnete sich und 12 Trüpiden gingen lachend und siegessicher den Gang entlang, direkt in die Arme der anderen Marshals und Deputys. Diese positionierten sich geschickt zwischen den Felsen. Thor und Korogon warteten etwas, danach erstürmten sie den Amtssitz. Die beiden übriggebliebenen Trüpiden waren ein leichtes Spiel für die Marshals. „Jetzt zu den anderen!", rief Korogon, nachdem er sah, dass die Führer des Planeten Mendrok unverletzt waren. „Warte, ich kontaktiere das Raumschiff. Marshal Thor an das Raumschiff STAR MAR 8. Bitte melden." „Hier Captain Lydia Gohr. Stan, seid ihr unverletzt?" „Ja, Lydia, sind wir. Auf mein Zeichen legt ihr Euch mit den drei Raumschiffen an, nehmt auch den Frachter in Angriff!", so der Marshal. „Geht klar, viel Glück Euch!", so Lydia Gohr. Von weitem hörten die beiden Marshals schon die Strahlenkanonen. Gains, Stark, Ricardo, Norgon und Fenston schossen aus allen Rohren. Norgon war leicht verletzt. Die Trüpiden hatte größere Verluste. Drei von ihnen hatten gut geschützte Verstecke. Plötzlich standen die Marshals Thor und Korogon hinter ihnen. „Im Namen des Gesetztes des STAR MARSHAL OFFICE! Ihr seid verhaftet, legt die Waffen nieder und ergebt Euch!" Die drei Trüpiden drehten sich um und zogen ihre Waffen. Aber die Marshals waren schneller. Durchbohrt mit zahlreichen Schusswunden sackten die Trüpiden zusammen. Stan Thor gab sofort das Zeichen zum Raumschiff, damit Lydia handeln konnte.

Captain Lydia Gohr ließ die STAR MAR 8 etwa 5000 Meter neben dem eigentlichen Aufenthaltsort projizieren. Über den erbeuteten Übersetzungskommunikator rief Marshal Stan Thor die Raumschiffe auf, sich zu ergeben. Er selbst und die anderen blieben noch auf dem Planet Mendrok, falls die Trüpiden weitere Kämpfer schicken sollten. Außerdem war es zu gefährlich, jetzt den Körpertransporter einzusetzen. Die Trüpiden Schiffe umzingelten die projizierte STAR MAR 8 und feuerten aus allen Kanonen. Sie besaßen Plasma-Bomben, die die STAR MAR 8 sofort vernichten könnte. Captain Gohr blieb auf ihrer verdeckten Position. Marshal Thor rief nochmals über den Übersetzungskommunikator: „Im Namen des Gesetztes... ergebt Euch!"... ... ... Jetzt war Lydia Gohr gefragt. „Antimaterie-Werfer ausrichten. Auf Fluchtgeschwindigkeit vorbereiten. Mit den Körpertransportern die Mannschaft auf dem Planet erfassen. Navigator, beobachten sie den Frachter, der will fliehen!", befahl Gohr. „FEUER FREI!"

Die Trüpiden merkten viel zu spät, dass sie aus einer anderen Richtung angegriffen wurden. Die starke Feuerkraft der STAR MAR 8 vernichtete die drei Raumschiffe sofort. „Holt uns an Board", sagte Stan Thor über L-Com. „Jetzt den Frachter verfolgen", so Lydia Gohr. Sie stellten den Frachter und verhafteten die Crew. Der Frachter wurde den Beamten des Planeten Mendrok übergeben, um technische Informationen über die

Eindringlinge zu erhalten. Die Crew des Frachters wurde eigesperrt und wartete nun auf ein Gerichtsverfahren.

„Bin ich froh, dass Ihr alle wieder auf dem Schiff seid. Wie sieht es heute Abend mit einem Rendezvous in der Schiffsbar aus, Stan?", fragte Lydia. „Ich freue mich darauf", erwiderte Stan. „Wir setzen die Ganoven auf Ursus 4 ab. Dort ist ein Sicherheitsgefängnis. Es sind nur wenige Lichtjahre Umweg, dann haben wir das Gesindel nicht so lange auf unserem Schiff.", ordnete der Marshal an. Das Polizei-Raumschiff startete zu diesem Planet. Der Eintrag ins Logbuch lautete: „Auftrag mit Erfolg durchgeführt. Die Führung auf Mendrok ist befreit. Auf unserer Seite keine Verluste. 18 Gefangene, die zu Ursus 4 gebracht werden. Voraussichtliche Rückkehr zum Mars in etwa 100 Stunden nach Erdenzeit. Captain Gohr... Ende."

In der Schiffsbar trafen sich abends die Marshals, Deputys und Crewmitglieder der STAR MAR 8. Es wurde gefeiert, gelacht und erzählt. Der Nahrungsreplikator erzeugte Weine aus einer längst vergessenen Zeit. „Ich habe da mal eine Frage, Captain. Wie haben Sie damals entdeckt, dass es außerhalb des Universums noch Raum gibt? Ich dachte, das Universum ist endlich?", fragte Deputy Norgon. „Eigentlich wollte ich mich jetzt amüsieren, Deputy, aber ich erkläre es ihnen gerne. Ich war gerade zwei Monate Captain auf dem Technikraumschiff LOGROS 07. Es war vollgepackt mit der neusten, aber ungeprüften Technik. Es waren

Antriebserfindungen, es wurde mit Materie, Antimaterie, Dunkle Energie, usw. experimentiert. Prof. Isaak Greg war immer schon der Meinung, dass alles wie im Kleinen, so auch im Großen ist. Das Elektron kreist um den Atomkern, der Mars kreist um die Sonne, die Sonne kreist in der Milchstraße um ein Schwarzes Loch. Galaxien kreisen um riesige Schwarze Löcher. Und was ist mit dem Universum? Ist danach das Nichts? Wir testeten gerade einen neuen Antrieb mit der Dunklen Energie. Plötzlich waren wir nicht mehr im feststofflichen Universum, sondern in der Dunklen Materie. Wir schossen durch das Universum und wurden aus diesem katapultiert. Wir knallten nicht etwa an eine Wand, an ein Ende des Universums. Nein, der Raum, in dem sich das Universum ausdehnt, ist viel größer. Das Raumschiff stoppte irgendwann. Als wir im Ansatz realisiert haben, was da eigentlich passiert ist, sahen wir unser Universum so groß wie eine Wassermelone auf den Monitoren. Wir stellten die Außenkameras auf Rundumsicht. Wir sahen viele andere Universen. Prof. Isaak Greg nannte diesen Raum das Omnium. Wie viele Universen das Omnium beinhaltet, wissen wir noch nicht." Der Deputy bedankte sich und ging zur Bar, um mit seinen Freunden darüber zu diskutieren.

„Stan, hier ist mir heute zu viel los, lass' uns in meine privaten Räume verschwinden", schlug Lydia vor. Beide schlichen sich aus der Bar und verbrachten eine herrliche Nacht zusammen.

„Navigator an den Captain. Wir nähern uns Ursus 4", ertönte es aus dem L-Com. „Ich komme sofort auf die Brücke", antwortete Lydia Gohr. „Liebster, kümmerst Du dich um die Gefangenen? Aber sei vorsichtig."

Die 18 Gefangenen wurden abgeliefert. Nun nahm das Polizei-Raumschiff Kurs auf den Mars.

Alle Systeme arbeiteten einwandfrei. Plötzlich meldete sich die Stimme des Bordcomputers: „Warnung! Die Nähe eines Schwarzen Lochs wird registriert! Warnung!" „Captain, ich habe das Schwarze Loch auf dem Schirm. Es liegt auf unserer Route. Das Schwarze Loch hat seine Position stark verlagert, unsere Weltraumkarten müssen neu erfasst werden", so der Navigator. „Übermitteln sie alle Daten zu allen 128 Planeten, die dem STAR MARSHAL OFFICE angeschlossen sind. Geben sie eine allgemeine Warnung aus.", befahl Captain Lydia Gohr. „Objekt von Backboard!", schrie der Wissen-schaftsoffizier. Zu spät. Ein riesiger Eisbrocken, angezogen durch das Schwarze Loch, kollidierte mit der STAR MAR 8 und riss das Raumschiff in Richtung Schwarzes Loch. „Gegensteuern! Volle Kraft!", rief Gohr. „Eine Antriebsgondel ist beschädigt. Ich kann sie nicht aktivieren. Wir werden vom Schwarzen Loch angezogen!", so der Wissenschaftsoffizier. „Können wir durchfliegen oder werden wir zerfetzt?", sorgte sich Deputy Fenston. „Wer durch ein Schwarzes Loch fliegt, steuert innerhalb dessen auf ein Weißes Loch zu. Der Endpunkt ist ein Paralleluniversum zu unserem. Aber das ist Theorie, pure Theorie!", erklärte Captain Lydia Gohr. „Die linke Antriebsgondel ist abgerissen!", so der Navigator. „Wir geben die STAR MAR 8 auf. Geben sie einen Bericht zum Mars. Alle Mann von Bord. Besetzt die Fluchtkapseln. Ich bleibe so lange wie möglich auf dem Raumschiff und versuche die Stellung zu halten!", rief Gohr. „Wir bleiben!", rief der Navigator. „Das ist ein Befehl! Alle Mann von Bord!", bekräftigte Gohr. „Ich bleibe, Lydia.", flüsterte Stan Thor.

Die Fluchtkapseln schossen mit Lichtgeschwindigkeit in Richtung Mars. „Ich bereite unsere Fluchtkapsel auch vor, Lydia", sagte Stan. Stan packte auch etwa zwei Kilogramm Krysilium ein. Damit wollte er im Mars-Hauptquartier experimentieren. „Computer, wann müssen wir spätestens das Raumschiff verlassen?", fragte Gohr. „Sie erreichen den gefährlichen Einzug in genau 3 Minuten und 45 Sekunden. Sie erreichen den Kern in 4 Minuten und 23 Sekunden. Heute ist das Wetter auf der Erde in Kalifornien sonnig. Sie sind Schach-Matt in zwei Zügen. Sie sind schwanger, Captain. Sie haben noch drei krotiokorendrendrum...", antwortete der Computer und versagte völlig. Die STAR MAR 8 drehte sich immer schneller, wurde immer näher angezogen. Die Außenkameras versagten. Das Lebenserhaltungssystem versagte. Immer mehr Systeme fielen der Anziehungskraft und dem enormen Druck zum Opfer. Lydia und Stan saßen gefangen in der Fluchtkapsel. Der kleine Monitor funktionierte noch. Die Frage war nun, wann ist der richtige Augenblick zum Starten? Geht es dann tiefer in das Schwarze Loch oder schaffen sie den Sprung in die Freiheit. „Durch die Drehbewegung habe ich berechnet, dass die zweite Antriebsgondel des Schiffs in Richtung Kern zeigt. Wir gehen auf Flucht-geschwindigkeit und gleichzeitig schieße ich auf die Gondel. Wenn sie explodiert wird die freiwerdende Kraft uns helfen freizukommen", schlug Lydia vor. „Ja, ist natürlich Theorie, ist schon klar", lachte Stan mit Galgenhumor. „Übrigens lautet die letzte Botschaft der Crew, dass alle in Sicherheit sind", ergänzte er noch.

Das Raumschiff drehte sich schneller und schneller. Lydia leitete die geplante Aktion ein. Ein Lichtblitz, denken war jetzt unmöglich, Angst haben war unmöglich, beide umarmten sich. Als die Antriebsgondel der STAR MAR 8 explodierte, setzte sie eine enorme Kraft frei, gleichzeitig ging die Fluchtkapsel auf Lichtgeschwindigkeit.

„Captain Lydia Gohr an die Crew der STAR MAR 8. Meldet euch. Die STAR MAR 8 ist explodiert, Marshal Thor und ich sind gerettet. Bitte melden", funkte Captain Lydia Gohr in den Raum. Keine Antwort. „Vielleicht ist unser L-Com beschädigt, lass' uns in Richtung Mars fliegen", schlug Stan vor.

Die Zeit verging. „Ich bin übrigens schwanger", erwähnte Lydia. „Was? Ich werde Vater! Klasse!", freute sich Stan ebenso. Der Mars war in Sicht. „Was ist das denn? Der Mars ist unbewohnt. Wo sind unsere Städte? Wo ist mein Haus?". Stan war unangenehm überrascht. „Es kann sich nur um einen Zeitsprung handeln. So etwas ist noch nie geglückt. Aber was heißt geglückt. Jetzt sind wir mittendrin. Was erwartet uns? Etwa Dinosaurier?", analysierte Lydia. Sie flogen in Richtung Erde. „Ich analysiere in Europa eine hohe Bevölkerungsdichte. Mein Vorschlag ist es, wir landen geschützt im Gebiet der Rocky Mountains. Wir sind übrigens mitten im Wilden Westen. Hier können wir uns am besten eine neue Identität aufbauen", schlug Stan vor. „Gut, ich bin einverstanden. L-Com stelle ich auf SOS. Die Energie reicht für Jahrhunderte", so Lydia. Die Fluchtkapsel näherte sich der Stratosphäre. Lydia fuhr die Flügel aus. Jetzt sah die Fluchtkapsel wie ein Fluggleiter aus. „Ich stelle auf Schubumkehr, halte Dich gut fest, Stan." Lydia landete den Gleiter vorsichtig zwischen Felsen nahe Colorado Springs.

Colorado Springs wurde gerade gegründet. „Ich erkenne Menschen in etwa 500 Meter Entfernung auf dem Monitor. Sie sind verletzt.", sagte Lydia. Lydia und Stan stiegen aus dem Gleiter und wollten zu den Verletzten, um ihnen zu helfen. Es war eine Familie, die auf dem Weg nach Colorado Springs war. Nur der Vater lebte noch. „Wo ist meine Frau? Wo meine beiden Kinder? Unser Erspartes, wo ist das?", stammelte er schwerverletzt. „Alles ist in Ordnung. Ruhen Sie sich aus, wir versorgen Sie und Ihre Familie", tröstete Lydia den Mann. Der Mann starb in ihren Armen. Alle wurden erschossen, das ersparte Geld war verschwunden. Ein Goldnugget fanden sie versteckt im Planwagen. Lydia und Stan zogen die Kleidung des Paares an. Stan nahm noch sein Krysilium mit, außerdem einige Bordwerkzeuge. Die Strahlenkanonen nahmen sie nicht mit, auch keine Kommunikatoren. Jetzt fuhren sie mit dem Planwagen nach Colorado Springs. Dort angekommen, verschafften sich Lydia und Stan zunächst einen Überblick. In der Bank gaben sie das Gold ab und tauschten es gegen Dollar ein. Danach wollten sie ins Hotel. „Suchen Sie eine Bleibe für ihre beiden Pferde?", fragte ein Junge. „Für einen viertel Dollar sorge ich dafür, dass die Pferde Futter erhalten, striegele sie und der Planwagen wird gut untergestellt."

„Wer bist Du denn?", fragte Stan. „Pedro, ich bin Pedro. Ich sorge für meine Familie", antwortete der Junge. Stan gab ihm einen ganzen Dollar und sagte: „Mein Name ist Marshal Thor. Wo lebt Deine Familie?" „Waas? Sie sind Marshal? Ein echter Marshal?", staunte Pedro. „Ja, mein Junge, bin ich.", so Marshal Stan Thor, „Und das ist meine Begleiterin, Captain... äh, nein, ach nenne sie einfach Ms. Gohr." „Mr. Marshal, sie finden meine Familie, mich und ihren Planwagen am Ende der Straße auf der rechten Seite", so Pedro und fuhr mit dem Planwagen los. Im Hotelzimmer überlegten Lydia und Stan ihre weitere Vorgehensweise. „Sollte die Welt im Jahr 2480 uns finden, sind wir gerettet. Wenn nicht, dann sitzen wir im Jahr 1880 fest. Aber wir machen das Beste daraus, Lydia. Ich besorge mir zunächst einmal einen Colt, für alle Fälle", sagte Stan. „Gut, bringe mir auch einen mit. Ich bestelle inzwischen etwas zu Essen.", ergänzte Lydia. Stan besorgte eine gute Ausrüstung. „Na, damit können sie ja Sitting Bull alleine besiegen", lachte der Verkäufer des Geschäftes, in dem es einfach alles gab. „Ja sicher, ich hörte, dass der Wilde Westen ganz schön wild sei. Ich nehme noch eine Tüte Lutscher", sagte Stan Thor. Auf der Straße traf er Pedro, der gerade verkünden wollte, dass er einen echten Marshal kennt. „Pedro!", rief der Marshal, „Höre mir einmal zu. Verrate noch nicht, dass ich Marshal bin. Ich habe einen Geheimauftrag, weißt Du. Hier habe ich Süßes für Dich und Deine Freunde." „Verstehe, Marshal. Ich verrate nichts. Können Sie denn auch meinem Vater helfen?", fragte Pedro. „Später, mein Junge, später."

In Colorado Springs eröffneten immer mehr Saloons. Es floss viel Alkohol, der ein oder andere Tote war zu beklagen. Viele Familien zogen von Norden nach Süden, von Osten nach Westen, es war der Goldrausch, der alle in seinen Bann zog. Glück und Unglück lagen nahe beieinander. Der Sheriff der Stadt hatte viel zu viel zu tun. Die Zeit verging. Lydia und Stan ließen sich in der Kirche trauen. In 4 Wochen erwarteten sie ihr erstes Kind. „Wird es ein Mädchen, könnte es Selina heißen, wird es ein Junge, dann Korogan, den Namen gibt es auf Mendrok", sagte Stan begeistert. Lydia lachte laut: „Stan, wir befinden uns im Jahr 1880 auf der Erde. Wir müssen Namen aus diesem Jahrzehnt auswählen. Wie wäre es mit Joe oder Elizabeth?" „Ist in Ordnung. Hauptsache gesund", so Stan. Es wurde dann doch ein Joe. „Das ist jetzt bestimmt Höhere Mathematik, Lydia.", sagte Vater Stan. Mutter Lydia darauf: „Verstehe ich jetzt nicht, Liebster." „Nun ja, es war eine schöne Nacht 2480. Jetzt, 1880, wurde unser Sohn geboren, dann ist er jetzt doch Minus 600 Jahre alt!", lachte Stan. Beide nahmen sich in den Arm und waren glücklich.

Lydia fand eine Anstellung im Kolonialwarengeschäft

Smith & Co.

Stan wurde Viehtreiber, ein echter Cowboy also. Es hatte alles sehr wenig mit den Showduellen im Entspannungsraum auf dem Mars zu tun. Und mit dem Sheriff aus Omaha, die Geschichten vom Opa, gab es auch nicht viel Ähnlichkeit. Es war als Cowboy ein harter Job. Abends sprachen die Eheleute dann über ihren erlebten Tag. „War Joe brav heute?", fragte Stan. „Sehr sogar. Wenn alle so brav sein würden. Du bist ja auf der Ranch. Aber hier in der Stadt wird es immer gefährlicher. Es entsteht ein richtiger Bandenkrieg", mit ängstlicher Stimme sagte Lydia diese Worte. „Und der Sheriff? Kommt er noch zurecht?" „Nein, die Übermacht ist zu groß."

In der Freizeit arbeitete Stan auf dem Hof von Pedro an seinem speziellen Colt. Er baute eine größere Trommel ein. Jetzt hatte der Revolver neun Schuss. Für die letzten drei Patronen verwendete er Krysilium. Nur eine Winzigkeit sorgte für eine Explosion, ähnlich wie Dynamit. Die Trommel ließ sich leicht entnehmen, eine gefüllte Ersatztrommel hatte Stan immer in der Tasche. Aber er hatte noch mehr vor, aber alle Arbeiten kosteten sehr viel Zeit. „Mr. Marshal, darf ich Dich etwas fragen?", so Pedro. „Natürlich, mein Junge. Was bedrückt Dich?" „Mr. Marshal, es geht um meinen Vater. Er ist von einer Bande verschleppt worden. In einer Mine muss er arbeiten. Der Sheriff sagt, er wäre in Omaha. Aber dort sei er nicht zuständig. Mr. Marshal, kannst Du helfen?" „Ich werde Dir und Deiner Familie helfen. Ihr habt mir und meiner Frau geholfen. Bei Euch ist Joe geboren worden und ihr passt gut auf mein Kind auf. Ich verspreche, ich helfe Dir."

Abends besprach Stan alles mit seiner Frau Lydia. Lydia hatte schlechte Nachrichten. In zwei Tagen erscheint hier in Colorado Springs die Stanton-Bande. Der Sheriff mobilisiert gerade Helfer. Aber wer wird schon mit Revolverhelden fertig? „Lass' mich überlegen, Lydia. Bleibe du an dem Tag im Geschäft und lasse dich nicht auf der Straße sehen. Unser Joe ist bei Pedro gut aufgehoben. Schlafen wir jetzt", beruhigte Stan seine Frau.

Stan nahm sich für den besagten Tag frei. Er hatte so gute Arbeit geleistet, dass der Rancher Cliff Dorn ihm gern diesen Wunsch erfüllte. Morgens brachten Lydia und Stan ihren Sohn zu Pedro. Lydia ging normal zur Arbeit. Vor dem Laden stand eine Bank. Stan Thor setzte sich mit einer Zeitung darauf und beobachtete alles. Der Sheriff war sehr nervös. Er verteilte seine Helfer. Stan Thor erinnerte sich gern an seine Deputys. Wenn er jetzt die Truppe hätte... aber die war 600 Jahre entfernt. Plötzlich kam ein Reiter und rief: „Sie kommen! Bringt Euch in Sicherheit! Sie kommen!"

Eine dramatische Situation entstand. Der Sheriff stellte sich wagemutig mitten auf die Straße. „Das ist ja Wahnsinn", dachte sich Marshal Stan Thor. Die Bande ritt in die Stadt ein. Angeführt von Bill Stanton. Fünfzehn Männer saßen bis an die Zähne bewaffnet auf ihren Pferden. Die Bewohner von Colorado Springs versteckten sich. Zwei Helfer des Sheriffs hatten die Hose voll und liefen einfach in die Kirche. „Wie ist die Lage, Stan?", flüsterte Lydia durch die etwas geöffnete Ladentür. „Die Bande fühlt sich sehr sicher, sie haben sich nicht verteilt. Ich hoffe es sind nicht mehr. Ansonsten... Fünfzehn auf einen Streich."

Immer näher kam die Bande. Mit ihren Revolvern und Gewehren zielten sie auf Fenster und Türen. Sie schossen nicht, aber verbreiteten so Angst und Schrecken. Jetzt ritten sie an Marshal Stan Thor vorbei. Mit der Zeitung verdeckte er seinen umgebauten Colt. Nun standen die fünfzehn Männer vor dem Sheriff. Marshal Thor war in ihrem Rücken. „Mach' Dich aus dem Staub, Sheriff. Wir übernehmen die Stadt", befahl Bill Stanton. „Ich verhafte euch im Nehmen des Gesetzes", antwortete mutig der

Sheriff. Die Männer positionierten sich nebeneinander vor dem Sheriff. Langsam erhob sich Marshal Stan Thor und suchte Schutz vor einem Pfosten. Lässig lehnte er sich daran, aber mit der Hand am Colt. „Ihr habt gehört, der Sheriff hat Euch etwas gesagt. Ich sage hiermit, legt die Waffen nieder." Drei Männer drehten ihr Pferd in Richtung Marshal. „Wer sagt das?" „Mein Name ist Marshal Stan Thor und nun runter mit den Waffen."

Die Männer zogen ihre Revolver. Stan Thor war klar schneller. Noch drei Schuss waren offiziell in der Trommel. Bill Stanton schoss auf den Sheriff. Am Boden liegend erschoss dieser zwei Männer. Dann traf ihn eine weitere Kugel. Jetzt drehten sich zehn Männer zu Marshal Stan Thor. „Was war noch, Großmaul? Was willst Du mit Deinen drei Kugeln ausrichten?", so Stanton. „Ich warne euch ein letztes Mal, Waffen fallen lassen", so der Marhal. „Macht ihn fertig!", schrie Stanton. Noch ehe die Bande ihre Kanonen ziehen konnten, erschoss der Marshal mit den drei Kugeln Bill Stanton, danach schoss er mit den Krysilium-Patronen in die Mitte der Bande. Die heftigen Explosionen warfen die Männer von den Pferden. „Nun noch einmal, ich verhafte Euch im Namen des Gesetzes", sagte der Marshal mit ruhiger Stimme, dabei setzte er die nächste gefüllte Trommel ein. Jetzt kamen die Helfer des Sheriffs aus ihren Verstecken und brachten die Überlebenden ins Gefängnis.

Der Sheriff wurde verarztet. Noch lange Zeit erzählten sich die Bürger von Colorado Springs dieses Duell. „Ich bleibe solange mit meiner Familie in der Stadt, bis sie gesund sind, Sheriff", sagte der Marshal. „Einen Mann wie Sie könnten wir hier gut gebrauchen. Ich danke Ihnen im Namen der Stadt Colorado Springs. Ich verdanke Ihnen mein Leben, Marshal", so der Sheriff. „Leider muss ich ablehnen. Ich habe einem kleinen Jungen etwas versprochen. In der nächsten Woche geht es nach Omaha."

Der Tag des Abschiedes aus Colorado Springs nahte. Familie Thor wurde mit großem Beifall verabschiedet. Stets überdeckte Marshal Stan Thor das Wort STAR auf seinem Marshal-Abzeichen. Im 25. Jahrhundert trugen die Marshals das Abzeichen, da sie sich mit den US-Marshals im 19. Jahrhundert verbunden fühlten. Um eine neue Identität aufzubauen, ließen sich Lydia und Stan ihre Dienste in Colorado Springs schriftlich bestätigen. Später nannte man dies dann Arbeitszeugnis. Jetzt waren beide echte Amerikaner aus dem 19. Jahrhundert. „Ich werde nach Omaha telegrafieren, dass ich Sie als Sheriff empfehle, Mr. Thor. Das ist das Mindeste was ich tun kann, um Ihnen das Leben dort zu vereinfachen", versprach der Sheriff von Colorado Springs.

Der Weg nach Omaha war lang und beschwerlich. Über 600 Meilen waren zurückzulegen. Der alte Planwagen musste oft von Stan repariert werden. Es war heiß. Die Sonne war mörderisch. Langsam gingen die Essens-vorräte zu Ende. Wasser hatten sie genug, denn die Bewohner in Colorado Springs empfahlen die Route am Platte River entlang. Die Stadt Lexington war das nächste Ziel, um alle Vorräte aufzufüllen. In Lexington erwarb Stan zwei Reitpferde und alles was nötig war, um den Rest der Reise zu überstehen. Nach zwei Tagen ging es weiter in Richtung Omaha.

Die Fahrt wurde jetzt abwechslungsreicher. Hin und wieder sah man nun Eisenbahnarbeiter. Der kleine Joe verfolgte alles sehr aufmerksam. Kurz vor Lincoln sahen Lydia und Stan Rauchwolken am Horizont. „Ich reite voraus und sehe mir das einmal an. Nimm das Gewehr", sagte Stan etwas besorgt zu seiner Frau. Er selbst nahm den umgebauten Colt mit. Vor der Reise konnte Stan noch die letzte Stufe seiner Umbauaktion erledigen. Stan ritt los. Von weitem konnte er erkennen, dass Männer auf Pferden fünf Planwagen angriffen. Waren es Indianer? Stan kam näher. Es schien eine Bande zu sein. Mit Halstüchern verdeckten sie ihr Gesicht. Bis auf 1500 Meter näherte sich Stan an. Jetzt konnte er genau erkennen, dass Frauen und Kinder in den Planwagen waren. Die Väter verteidigten sich tapfer, waren aber chancenlos. Sie waren mit der Bande völlig überfordert. Stan suchte sich eine leichte Anhöhe. Jetzt schraubte er Laufverlängerungen an seinen umgebauten Colt. Er wechselte die Trommel aus, befestigte ein Zielfernrohr und legte die Spezialmunition mit Kysilium ein. Die 1500 Meter waren locker zu schaffen. Er zielte auf die Bande.

Natürlich sollten die Frauen, Männer und Kinder nicht verletzt werden. Stan schoss. Das Geschoss heulte durch die Luft. Es erinnerte Stan fast an ein startendes Raumschiff. Eine Explosion zwischen den Angreifern. Sie irrten herum. Stan schoss wieder. Eine Kugel legte er noch nach. Wieder Explosionen. Die überlebenden Angreifer suchten das Weite. Mittlerweile war Lydia mit dem Planwagen angekommen. Sie fuhren nun zu den Familien.

Die Kinder liefen Lydia und Stan schon laut rufend entgegen: „Sie haben uns gerettet, Sie haben uns gerettet! Dankeschön!" Abends am Lagerfeuer erzählten alle Geschichten aus dem Leben. Für Lydia und Stan waren diese Geschichten sehr interessant, denn sie mussten sich schließlich eine Vergangenheit aufbauen. Die Gruppe kam aus Irland und wollte sich als Farmer in Amerika niederlassen. Zunächst dachten sie an das Gold. Aber als Goldgräber war es mit Kindern viel zu gefährlich. Alle zogen von Dublin aus in den Westen. „In Dublin wohnen meine Eltern", sagte Lydia. „Ach, wie klein die Welt ist. Wo denn da?", fragte Jane McReed. „Nahe des Flughafens, äh, ich meine des Hafens.", verbesserte sich Lydia. „Ja, der Hafen zur Irischen See ist wunderbar. Wir haben ihn oft besucht", so Jane.

Nun hatten Lydia und Stan ihre Lebensgeschichte. Zufrieden legten sich alle um das Lagerfeuer zum Schlafen. „Ich habe irgendwie ein ganz merkwürdiges Gefühl in mir, als wenn wir dies alles schon einmal erlebt haben. Dabei kommen wir doch aus der Zukunft. Den Namen John W. Cobb habe ich im Kopf. Eigenartig", sagte Stan leise. Lydia darauf: „Wer weiß nun wirklich, was das Universum noch alles für Überraschungen für uns bietet? Viellicht ist alles eine riesige Zeitschleife?"

Nach der Verabschiedung am frühen Morgen zogen die Farmer nach Westen und Lydia und Stan weiter nach Osten. In Omaha, nach langen 600 Meilen, wurden sie vom Hilfssheriff Cliff Northon freudig empfangen. „Ich habe für sie ein Hotelzimmer gebucht. Robert kümmert sich um ihr Gepäck und den Planwagen. Ruhen sie sich erst einmal gut aus."

Am nächsten Tag ging Stan ins SHERIFF'S OFFICE und erklärte sein Anliegen. „Deputy, wir wurden auf dem Weg hierher überfallen. Irische Farmer, die nun auf dem Weg nach Westen sind, können dies bestätigen. Unsere Ausweispapiere sind verbrannt. Lediglich die Arbeitspapiere für mich und meine Frau habe ich noch." „Das ist kein Problem. Ihr Ruf eilte von Colorado Springs voraus. Ich werde alles Nötige veranlassen. Aber auch die Stadt Omaha hat ein Anliegen. Unser Sheriff ist vor 6 Tagen erschossen worden. Am Sterbebett gab er mir dieses Telegramm von seinem Freund in Colorado Springs. Sie haben dort die Stadt gerettet und das Leben vieler Bewohner. Ich möchte sie zum Sheriff von Omaha vereidigen", so der Hilfssheriff Cliff Northon. „Ich nehme den Posten gerne an", sagte Stan Thor.

Lydia und Stan richteten sich in einem kleinen Haus am Rande der Stadt gemütlich ein. Es hätte auch noch ein größeres Haus gegeben, aber der große Stall war dann doch ausschlaggebend. Hier konnte Stan seine Arbeiten an den Feuerwaffen fortsetzen. Und gerade damit begann er sofort, während seine Frau das Haus einrichtete. Herrliche Stoffe für Vorhänge, ein wunderschönes rotes Sofa, ein Teeservice aus Germany und viele Dinge mehr, die Lust auf einen gemütlichen Feierabend machen sollten. Die Kinder aus der Nachbarschaft brachten dem kleinen Joe Spielzeug aus Holz. Lydia fand eine Anstellung als Lehrerin. Nun hatte sie keine Raumschiffcrew unter sich, sondern eine Bande lieber Kinder. Es war natürlich eine Umstellung, von Galaxien, dem Universum oder gar dem Omnium, auf die Grundrechenarten umzusteigen. Manchmal war es für Stan und Lydia auch schwer, ihr Wissen für sich zu behalten.

„Guten Morgen, Cliff. Ist ein herrlicher Tag heute", sagte Sheriff Stan Thor. „Ja, wunderbar. Haben sie sich gut eingerichtet, Sheriff?" „Wir sind sehr zufrieden. Es sind

so viele nette Menschen in ihrer, sorry, unserer Stadt."
„Stimmt. Unser ehemaliger Sheriff hatte alles gut im
Griff. Wir haben nur Probleme mit den Besitzern der
Erzmine im Norden." „Hat der Tot des Sheriffs damit zu
tun?" „Korrekt. Und ich würde denen gern das
Handwerk legen." „Sagt Ihnen der Name Pedro Morgeno
etwas?", fragte der Sheriff. „Ja, der Sheriff in Colorado
Springs sendete einmal ein Telegramm. Mehrere
Mexikaner wurden verschleppt. In der Mine arbeiten
viele Mexikaner. Die Besitzer, die Brüder Dennon, haben
eine Festung aus der Mine gemacht. Niemand kommt
rein, niemand raus. Sie selbst kommen samstags zum Bier
in die Stadt und nehmen Proviant mit." „Und was
geschah mit dem Sheriff." „Es gibt angeblich keine
Zeugen, denn die Brüder Dennon zwangen alle Besucher
des Saloons sich umzudrehen. Angeblich sollte es ein
faires Duell gewesen sein. Aber der alte Hardy sagte, der
Sheriff wurde von zwei Mann festgehalten." „Wo finde
ich diesen Mr. Hardy?", fragte der Sheriff nach.
„Erschossen. Zwei Tage nach der Aussage fand ich ihn
hinter dem Pferdestall." „Morgen reite ich zu der Mine,
werde die Lage einmal prüfen." „Soll ich Sie begleiten?"
„Nein, in der Stadt muss ein Gesetzesvertreter bleiben."
„Aber Pete könnte Sie begleiten. Er kennt den Weg."
„Okay, damit bin ich einverstanden."

Am nächsten Morgen starteten Sheriff Stan Thor und
Pete zur Mine. „Dort sind die ersten Wachposten Sheriff.
Wir reiten um die Felsen herum, dann können sie den

Eingang der Mine sehen", erklärte Pete. Mit seinem Fernrohr sah der Sheriff, dass die Arbeiter ausgepeitscht wurden. Ein Mexikaner lief davon. Er wurde von einem Aufseher ohne zu zögern erschossen. Pete sagte: „Das war Mike Dennon, er trägt ein rotes Halstuch. So ein Schwein. Aber alle sind sie Schweine." Pete war verbittert.

Am Abend beratschlagten Cliff Northon und Stan Thor die Lage. „Wir müssen einen Marshal und das Gericht einschalten", sagte Stan. „Ich dachte, sie sind auch Marshal. So schrieb es doch der Sheriff in Colorado Springs." „Ach, das ist eine andere Geschichte, darüber reden wir später. Morgen ist Samstag. Ich nehme mir die Dennon's morgen zur Brust." Und wieder hatte Stan den Namen John W. Cobb im Kopf...

Lydia hatte ein herrliches Abendessen vorbereitet. „Was macht unser Sohn?", fragte Stan. „Er wächst und gedeiht, Liebling. Mit seinem Holzrevolver spielte er heute mit den Kindern im Hof. Soll er später auch einmal Marshal werden? Was meinst Du?" „Politiker wäre mir lieber. Wir kennen doch die Weltgeschichte." Nach dem Essen ging Stan noch in den Stall, den er sich zu einem Arbeitsraum eingerichtet hatte. Es wurde spät. „Schläfst Du Schatz?" „Ich habe noch auf Dich gewartet. Die Rechenarbeiten habe ich schon korrigiert. Was hast Du gearbeitet?" „Ich habe den Colt weiter verbessert. Schlafe gut, mein Darling."

Der Samstag begann ruhig. Gegen 16 Uhr trafen die Dennon's in der Stadt ein. Nach dem Einkauf gingen Big Dennon, Jack Dennon und Mike Dennon in den Saloon. Sheriff Northon trat ein: „Mein Name ist Stan Thor, ich bin Sheriff in dieser Stadt. Um mir einen Überblick zu verschaffen werde ich Sie Montag besuchen." „Was sagt die Kakerlake?", murmelte Big Dennon. „Die Kakerlake will zum Tee kommen, Big Dad", provozierte Mike Dennon. „Ach ja, Mike Dennon?" „Was willst du, Kakerlake?" „Ich nehme sie wegen Mordes im Namen des Gesetzes fest." Mike Dennon griff zum Revolver. Der Sheriff war schneller. „Drücken sie ab, sind sie eine Leiche.", sagte der Sheriff. In diesem Augenblick kam der Hilfssheriff mit einer Winchester in den Saloon und hielt die anderen Dennon's in Schach. Jack und Big Dennon verließen die Stadt mit der Androhung: „Ich hole meinen Jungen hier raus. Und Dich, Kakerlake, vernichte ich mit einem Kugelhagel!"

Mike Dennon wurde eingesperrt. „Ich telegrafiere Richter Smith in Kansas City, aber das wird 30 Tage dauern, bis er hier ist", sagte Cliff Northon. „Nun, ich bleibe dabei, Montag erledige ich die Bande. Es dürfen nicht noch mehr Menschen in der Mine sterben." „Sheriff, muten sie sich nicht zu viel zu, man lebt nur einmal. Aber bei dieser Brutalität ist es fraglich, ob es noch Menschen im Jahr 2100 gibt." „Mann, wenn sie wüssten", murmelte Stan Thor.

Sheriff Stan Thor machte sich am Montag um 9 Uhr auf den Weg zur Mine. Der Sheriff wollte die Sonne im Rücken haben. Er beobachtete wie Big Dennon, Vater von Jack, Norman, Robert und Mike, die Wachen verteilte. Drei Mann patrouillierten um den hohen Zaun herum. Der Sheriff wartete ab, die drei Männer ritten auf den Eingang zu. Die Sonne stand gut. Das Mündungsfeuer des umgebauten Colts konnten sie bestimmt nicht erkennen. Ein gezielter 1000-Meter-Schuss und die drei Reiter starben an der Explosion. Das gut gesicherte Eingangstor brach zusammen. Die Dennon's und ihre Revolverhelden rannten aus dem Haus, schossen wild um sich und suchten Schutz. Der Sheriff ortete jeden von ihnen. Er schoss auf die Pferdetränke... eine gewaltige Explosion durch das Krysilium töte den Revolvermann. Der nächste 1000-Meter-Schuss traf das Haupthaus, es ging in Flammen auf. Die Sache lief gut. Plötzlich bemerkte der Sheriff, dass hinter seinem Rücken eine Handvoll Männer auf ihn zugeritten kamen. Der Sheriff ritt um den Hügel herum, um zurück in die Stadt zu kommen. Dort angekommen sah er die aufgeregten Bürger. Mike Dennon überrumpelte den Hilfssheriff und bot den Revolverhelden Ross und Clark 500 Dollar für die Ermordung von Sheriff Thor. Clark brachte noch seine fünf Freunde mit. „Sheriff, ich habe einen Fehler gemacht. Jetzt wird die Bande unsere Stadt in Schutt und Asche legen", wimmerte Cliff Northon.

Alles beruhigte sich wieder, denn Sheriff Thor sagte mit seiner beruhigenden Stimme: „Alles wird gut, Leute. Ich nehme den Kampf auf. Wie in Colorado Springs benötige ich den schnellsten Reiter unter euch. Er muss frühzeitig ankündigen, wann die Bande von der Mine aus losschlagen will." Stan ließ seinen alten Planwagen aus dem Stall holen. „Ist der schwer zu schieben... Sheriff... was haben Sie hier verbaut?", rief Pete und quälte sich mit vier weiteren Männern. Den Wagen ließ der Sheriff vor das Office schieben. Man sah wohl, dass die Holzräder durch Stahlräder ausgetauscht wurden. Aber der Rest schien Holz zu sein. Er war nun höher als sonst, das sah man aber nicht, da das bogenförmige Planwagendach viel verdeckte. Die Bürger sollten in ihren Häusern bleiben. Lydia und Joe versteckten sich im Office. „Sie kommen! Sie kommen!", rief der Beobachtungsposten. Jetzt war die Stadt totenstill. Aus zwei Richtungen griffen die Revolverhelden an. Sie sahen den Planwagen und den Sheriff darin, sofort schossen sie aus allen Rohren. Das Planwagendach wurde weggeschossen. Der Wagen wurde durchlöchert. „Wir haben ihn! Legt die Stadt in Schutt und Asche!", schrie Big Dennon. Wie aus dem Nichts stand plötzlich der Sheriff im Planwagen und schoss im Zehntelsekundentakt auf alles was sich bewegte. Auf seinem Colt war ein langer Schacht angebracht, in dem 100 Schuss Munition waren. Die Revolverhelden waren irritiert und schossen entweder weiter oder suchten Schutz im Saloon. Der Sheriff setzte das nächste Magazin auf. Nun war die Munition mit Krysilium bestückt. 100

Schuss... unendliche Explosionen... es gab um den Planwagen herum nur noch Tote. Das Magazin war leergeschossen. Jetzt setzte Stan Thor die umgebaute Trommel mit 9 Schuss wieder in den Colt ein. Langsam ging er zum Saloon. Robert Dennon war noch nicht erledigt. Von einer Kugel getroffen stand er auf, versteckte sich hinter dem Planwagen und zielte auf den Sheriff. „Kakerlake, Du bist jetzt dran!" Der Sheriff war in der Falle, er stand zwischen Planwagen und Saloon. Ein Schuss fiel. Robert Dennon brach zusammen. Lydia zielte genau. Als Captain der STAR MAR 8 war sie geschult. „Und jetzt mache sie fertig, Sheriff!", rief sie ihrem Mann zu. Vier Mann standen vor dem Saloon und waren geschockt. Sie zogen ihre Kanonen und schossen auf den Sheriff. Die Kugeln landeten im Sand, der Sheriff war noch zu weit entfernt. Die Männer luden nach. „Ihr seid verhaftet, legt die Waffen nieder!", rief der Sheriff. Die Männer schossen weiter. Stan Thor zog den Colt. Drei Kugeln aus Krysilium schossen pfeifend durch die Luft. Explosionen... Tote.

Revolverheld Frank Ross und Mike Dennon waren noch im Saloon. „Weitere 1000 Dollar, wenn wir das Schwein erledigen", bot Mike an. „Okay", antwortete Frank Ross. Der Sheriff kam durch die Pendeltüren. Die Männer standen sich gegenüber. Der Sheriff hatte nun noch sechs normale Patronen. Es wurde nun ein echtes Duell. Ein Duell, wie es Stan Thor unendliche Male gegen Billy the Kid erlebt hatte, im Erlebnisraum auf dem Mars. Aber da war der Revolverheld virtuell. "Zieh!", schrie Mike Dennon. Der Sheriff achtete nur auf die Augen der Gegner. Er hörte nichts und sah nichts anderes. Dann das Zucken bei Frank Ross. Der zog den Revolver. Blitzschnell zog der Sheriff, mit dem Daumen spannte er den Hahn, der Zeigefinger reagierte sofort. Zwei Schuss! Die eine Kugel traf Frank Ross. Ross' Kugel traf nur die Pendeltür. Mike Dennon zog auch die Waffe. Wieder war der Sheriff schneller.

Die Stadt feierte den Erfolg. „Sheriff, was war denn nun mit Ihrem Planwagen los, warum war der so schwer?", fragte Pete. „Ich habe Stahlplatten von den Eisenbahnen eingebaut", antwortete der Sheriff. „Hey, unser Sheriff hat eine eigene Eisenbahn!", lachte Pete. „So, jetzt will ich noch los zur Mine. Ich habe dem kleinen Pedro ja etwas versprochen!", rief der Sheriff in die Runde. Der Sheriff nahm ein Bild von sich, mit seiner Frau und Joe, mit zur Mine. An der Mine angekommen fand er noch etwa eine Handvoll Mexikaner vor. „Ist Mr. Morgeno unter ihnen?", fragte der Sheriff. „Ich bin Jose Morgeno", sagte ein Mann. „Dein Sohn hat mich geschickt. Hier sind 100 Dollar. Zeige ihm dieses Bild und grüße Deinen Sohn von seinem Mr. Marshal."

Abends fielen sich Lydia und Stan in die Arme. „Was macht unser Sohn?", fragte Stan. „Er wächst und gedeiht", lachte Lydia. „Ich erinnere mich gern an meinen Großvater. Er erzählte mir immer wieder von einem unserer Vorfahren. Ein Sheriff mit Namen Stan Thor. Er soll um das Jahr 1880 gelebt haben. Ich hielt das immer für eine spannende und erfundene Geschichte von ihm. Ist das nicht unglaublich?", sagte Stan. „Na, bei dem was wir beide so alles erlebt haben, wundert mich nichts mehr. Schlafe gut, mein Darling."

Viele, viele Jahre war Stan Thor noch Sheriff in Omaha. Jede Menge Abenteuer hatte er noch zu überstehen, denn der Wilde Westen war wild und unberechenbar, genauso wie das Universum. Lydia wurde Schulleiterin. Ihr Sohn Joe wurde in New York Richter. Bei Ausgrabungen im Jahr 1978 fand man nördlich von Omaha den Spezial-Colt und eigenartige, nicht von dieser Erde stammende Patronen, die hochexplosiv waren. Das unterlag der höchsten Geheimhaltung. 2016 fand eine Pfadfindergruppe im Gebirge westlich von Colorado Springs den Fluggleiter des Polizei-Raumschiffs STAR MAR 8. Das Notsignal SOS war immer noch aktiv. Fragen über Fragen...

....Ende...

Star Marshal

Police in the Universe

Gefahr aus dem Omnium

Wir schreiben das Jahr 2480. In der Memorial Hall gedenkt General Jackson der verschollenen Mitglieder Captain Lydia Gohr und Marshal Stan Thor. Bei einem Einsatz im Jahr 2480 kamen sie einem Schwarzen Loch zu nahe. Sie evakuierten alle Besatzungsmitglieder und versuchten das Polizei-Raumschiff STAR MAR 8 zu retten. Seither gelten sie als verschollen. Da noch niemand durch ein Schwarzes Loch geflogen ist, will General Jackson nicht von „getötet" sprechen. Unter den Gästen befinden sich alle geretteten Marshals, Deputys und Crew-Mitglieder der STAR MAR 8.

General Jackson: „Ich danke für Ihr zahlreiches Erscheinen... ich selbst gab den Einsatzbefehl KL-456-UG4. Diese Zahlen- und Buchstabenkombination werde ich niemals vergessen. Mit Lydia Gohr haben wir eine erfahrene Ingenieurin, Wissenschaftlerin und

Raumschiffkapitänin verloren. Sie konnte leider ihre wissenschaftlichen Erfahrungen vom Flug bis ans Ende des Universums nicht mehr veröffentlichen. Wertvolle Informationen nimmt sie nun mit in eine andere, vielleicht parallele Welt, ich hoffe es zumindest. Mit Marshal Stan Gohr verlieren wir einen der erfahrensten und erfolgreichsten Hüter des Gesetzes überhaupt... und ich einen Freund."

Auch Greg Gains hielt eine Rede: „Ich vermisse beide. Lydia war eine kompetente und erfahrene Kapitänin aller Schiffe, die sie befehligte. Mit Stan verliere ich den besten Freund. Viele Abenteuer haben wir erlebt. Macht's gut Freunde, wo auch immer Ihr Euch jetzt befindet."

Die Gedenkfeier wurde durch einen L-Com-Ruf unterbrochen: „Hier Kontrollzentrale Mars B4. Wir haben ein Scan-Signal empfangen. General Jackson bitte melden."

Sofort verabschiedete sich General Jackson und flog zur Kontrollzentrale. „Wer ist zuständig?", fragte der General. „General, mein Name ist McLinch, ich bin Sicherheitsbeamter." „Was hat es mit dem Scan-Signal auf sich, McLinch?" „Normalerweise kommunizieren wir zwischen unseren Partnern, das sind 128 Planeten in der Milchstraße, mit L-Com. L-Com gleicht die Unterschiede zwischen Zeit und Lichtgeschwindigkeit aus. Des Weiteren hören wir die kosmische Mikrowellenhintergrund-strahlung, nicht zu verwechseln mit der kosmischen Hintergrundstrahlung. Die Mikrowellenhintergrundstrahlung ist kurz nach dem Urknall entstanden. Nun haben wir eine zusätzliche Strahlung entdeckt. Unser L-Com-Signal ist künstlich, von intelligenten Wesen. Die Strahlung vom Urknall ist eine natürliche Strahlung. Und genau darauf entdeckten wir eine Strahlung, die die Urknallstrahlung als Trägerfrequenz ausnutzt. Die wiederum scannt alles und jeden. Die Frage ist, wozu und wer steckt dahinter?" General Jackson war besorgt. „McLinch, das hat jetzt Priorität. Kontaktieren sie alle 128 Planeten. Eine andere Macht hat will friedlich mit uns Kontakt aufnehmen. Gescannt zu werden halte ich für keinen friedlichen Akt. In 24 Stunden erwarte ich sie im Star Marshal-Hauptquartier."

Auch Marshal Greg Gains wurde ebenfalls geladen. Gespannt warteten alle Anwesenden auf den Bericht. „Das Problem ist", so McLinch, „dass sich diese Scanwelle auf der Urknallstrahlung in entgegengesetzter Richtung fortbewegt. Das heißt, die Urknallstrahlung kommt aus der Region, in der der Urknall stattfand, dem Mittelpunkt also. Die Scanwelle hingegen kommt entweder vom äußersten Rand des Universums oder darüber hinaus."

„Jetzt fehlt uns Lydia Gohr. Sie flog bereits über die Grenzen des Universums hinaus", sagte General Jackson. McLinch war überrascht: „Das verstehe ich nicht, das ist nirgendwo dokumentiert." „Es war ein Geheimauftrag.

2478 startete das Technik-Raumschiff LOGROS 07 mit Prof. Isaak Greg zu dieser Expedition. Lydia war Captain. Der Professor experimentierte mit Dunkler Energie als Antrieb. Es funktionierte, war aber unberechenbar. Wo ist der Professor heute?", fragte der General. Marshal Norman meldete sich zu Wort: „Das Raumschiff LOGROS 07 ist zerstört. Mit meiner Crew rettete ich damals den Professor und die Mannschaft. Heute arbeitet er auf dem Raumschiff LIVER ONE." „Wir setzen die Konferenz fort, wenn der Professor hier auf dem Mars ist. McLinch, sie sind jetzt im Team. Kontaktieren sie den Professor. Und denken sie daran, Geheimhaltung dieses Projekts ist angesagt. Die Trüpiden kamen uns schon einmal dazwischen", so der General.

Nach vier Tagen traf sich die Gruppe aufs Neue. Professor Greg brachte viele Unterlagen mit. „Professor, wir haben das Problem, dass wir so schnell es geht an den Rand unseres Universums gelangen. Was sind ihre Vorschläge?", forderte der General.

„Nun, meine Damen und Herren", begann Professor Isaak Greg seinen Vortrag und fuhr fort, „damals experimentierten wir mit der Dunklen Energie. Sie ist schwer zu bändigen gewesen. Captain Lydia Gohr und die Crew der LOGROS 07 kämpften ganz schön mit dem Schiff, um Kurs zu halten. Danach habe ich mich zurückgezogen. Unser Außensatellit Neptun B6 konnte weitere Gravitationswellen messen. Albert Einstein entwickelte alles in der Theorie und am 11. Februar 2016 folgte der Beweis für Gravitationswellen. Es wurde bis heute zwar experimentiert, aber ich stelle ihnen nun den Durchbruch vor. Eine Gravitationswelle durchquert die vierdimensionale Raumzeit, sprich den Raum in dem wir leben, mit nur Lichtgeschwindigkeit. Abstände werden dabei gestaucht und gestreckt."

„So weit, so gut, Professor, aber mit nur Lichtgeschwindigkeit sind wir eventuellen Angreifern von außen doch völlig unterlegen.", sagte Marshal Gains.

„Ja, natürlich. Ihre Star Marshal-Raumschiffe fliegen mit Überlichtgeschwindigkeit. Nun stellen sie sich vor, sie fliegen mit Überlichtgeschwindigkeit und ich bin bereits am Ziel, bei nur Lichtgeschwindigkeit. Ich arbeite mit der von meinem Team und mir entwickelten Chromoswelle. Sie faltet den Raum wie eine Sinuswelle. Ihr Schiff muss nun die Sinuswelle abfliegen um zum Ziel zu kommen. Natürlich merken sie nicht, dass sie auf einer Sinuswelle fliegen, besser gesagt, einen gefalteten Raum abfliegen, denn der Raum scheint geradlinig.

Ich hingegen fliege gerade durch diese Sinuswelle hindurch und das nur mit Lichtgeschwindigkeit. Mein Weg ist nur ein Bruchteil. Hier ein Schaubild dazu.", so der Professor.

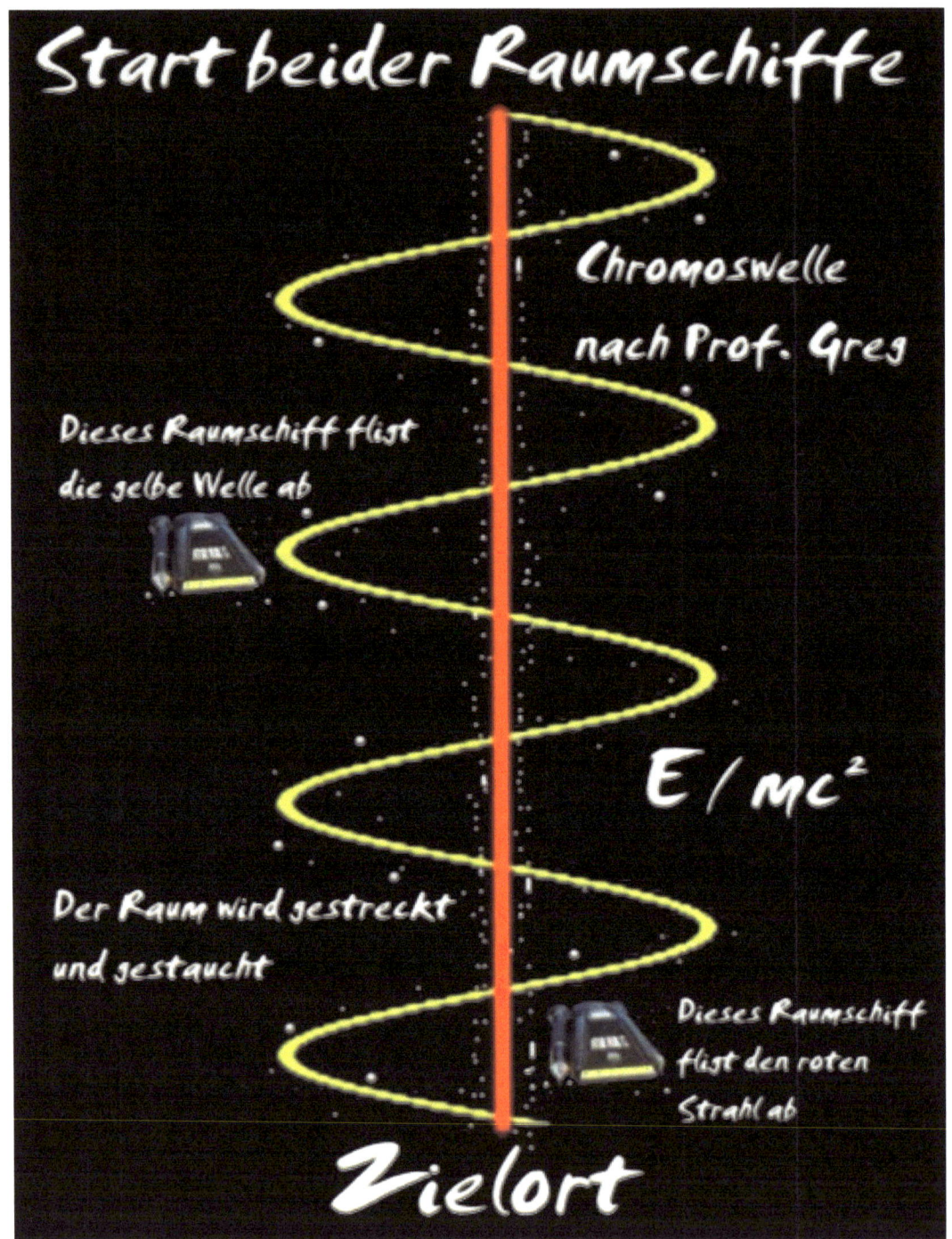

„Meine Damen und Herren. Wir wollen keine Zeit verlieren. Ich glaube, wir haben das Prinzip verstanden. Professor, ist ihr Raumschiff LIVER ONE einsatzbereit?", fragte General Jackson.

„Ja, das Schiff ist einsatzbereit. Zusätzlich können wir acht Schiffe ihrer Star Marshal-Flotte mit in die Chromoswellen-Glocke nehmen", laut Professor Greg. „Gut, denn wir wissen nicht was uns erwartet. Marshal Gains, Sie leiten diese Aktion. Marshal Norman, sie sind ebenfalls dabei. Eine Sicherheitsmannschaft wird den Professor und seine Crew auf der LIVER ONE begleiten. Ich gebe den Einsatzbefehl KL-565-UG4.

Kommt mir bitte alle wieder zurück, ich denke da an Marshal Stan Thor und Captain Lydia Gohr", befahl General Jackson vom Mars Hauptquartier.

Die Vorbereitungen liefen auf Hochtouren. Deputy Norgon ging mit einer Sicherheitsmannschaft auf die LIVER ONE. Professor Isaak Greg erklärte alle technischen Funktionen der Chromoswelle. „Wir haben die Möglichkeit, für uns den Raum zu verkürzen, indem wir für die Chromoswellen stauchen. Unsere Gegner müssen so einen längeren Weg fliegen", erklärte der Professor. „Verstehe, nun müssen wir nur noch unsere Gegner kennen", sagte Deputy Norgon.

Über L-Com ertönte: „Hier Star Marshal Hauptquartier. Die nächste Scan-Welle wurde bemerkt. Wir geben den Einsatzbefehl frei. STAR MAR 17... Marshal Gains... STAR

MAR 18... Marshal Korogon... STAR MAR 27... Marshal Stark... STAR MAR 31... Marshal Fenston... STAR MAR 34 Marshal Clinton... STAR MAR 44... Marshal Wegros... STAR MAR 45... Marshal Ustinov... STAR MAR 48... Marshal Lynn.   Zu erwähnen ist, dass Deputy Fenston die Prüfungen zum Marshal bestanden hat. Alles Gute Marshal Fenston. Hauptquartier Ende."

Die STAR MARSHAL-Police-Raumschiffe formierten sich um die LIVER ONE herum. Professor Greg leitete den Start der Chromoswelle ein. Ein riesiger Generator wurde eingeschaltet. Er war genau in der Mitte des Raumschiffs positioniert. Die Welle verzerrte den Innenraum. Jetzt verzerrte das gesamte Raumschiff. Nun stellte Professor Greg außerhalb der LIVER ONE den Bereich ein, indem sich alle STAR MAR-Raumschiffe befanden. Der Navigator stellte die Richtung ein, aus der das Scan-Signal ausgesendet wurde. Innerhalb der Raumschiffe bemerkte man absolut nichts von einem Falten des Raums.

3... 2... 1... START!

„Ich merke nichts. Ist der Chromoswellen-Generator ausgefallen?", fragte Marshal Greg Gains. „Im Gegenteil, Marshal, wir sind nur mit Lichtgeschwindigkeit unterwegs und haben bereits 10% des Raums geschafft.", so der Navigator der STAR MAR 17.

„Na, das reicht ja, um ein, zwei Kurzgeschichten vom Autorenteam Sültz zu lesen. Deren Science Fiction-

Geschichten waren damals atemberaubend", flachste der Marshal.

Die Mannschaften berieten sich über den bevorstehenden Einsatzplan. Es ist natürlich schwierig, denn den Gegner kennen sie nicht. Eines stand nur fest, es handelte sich bei der Scan-Welle nicht um ein natürliches Phänomen.

Die Mannschaften ruhten bis zum Ziel aus. Nur der Professor war im Stress. Er überwachte alle Instrumente, war aber auch zugleich sehr stolz, dass der Generator so gut funktionierte. Während des Flugs stauchte der Professor die Chromoswelle immer mehr. Das bedeutete, dass bei gleicher Geschwindigkeit immer mehr Raum durchflogen wurde. „In 28 Tagen, nach irdischer Zeit, sind wir am Ziel", verkündete er.

„Das Ziel wird in 25 Zentilonen nach Sternenzeit erreicht werden. Die Raumzeitstauchung wird nun der normalen Raumzeit angepasst", meldete der Zentralcomputer der LIVER ONE. Das bedeutete, das Ziel war etwa noch 14 Lichtjahre entfernt. Bei 0,2 Lichtjahren stoppte die LIVER ONE komplett. „So, meine verehrten Damen und Herren. Mein Auftrag ist erfüllt", sagte der Professor stolz ins L-Com. Alle beglückwünschten ihn. Nun waren die STAR MAR-Raumschiffe gefragt. Erstaunt schauten sie in den leeren Raum. Hinter ihnen lag das Universum. Vor ihnen lag das Nichts, das von Professor Isaak Greg getaufte Omnium.

Wie aus dem Nichts standen plötzlich über 100 Raumschiffe vor den 8 STAR MAR-Raumschiffen. „Wir müssen sie von der LIVER ONE weglotsen. Verteilt euch. Fliegt in den leeren Raum!", befahl Marshal Greg Gains. Die fremden Raumschiffe feuerten sofort. Sie waren riesig. Die wendigen Polizei-Raumschiffe starteten sofort auf Überlichtgeschwindigkeit. Die fremden Raumschiffe folgten ihnen ebenfalls mit Überlichtgeschwindigkeit. „Noch nicht einmal Schiff gegen Schiff hätten wir eine Chance. Die Marshals standen eben immer schon seit dem 19. Jahrhundert einer Übermacht gegenüber. Feuern ist Zwecklos, sie sind stärker und genau so schnell... machts gut Freunde", rief Marshal Fenston, der seinen ersten Einsatzbefehl hatte.

Über L-Com hörten sie den Professor: „Haltet sie hin, fliegt zurück ins Universum. Ich arbeite an dem Problem." Die wendigeren STAR MAR-Raumschiffe formierten sich nun und flogen hintereinander Angriffe. Von vorn sahen die Gegner nur ein Raumschiff, plötzlich griffen acht Raumschiffe an. Aber welche Formation auch geflogen wurde, es gab keine Erfolge. Die über 100 Angreifer schafften es, die acht Polizei-Raumschiffe einzukesseln. „Jetzt hilft nur noch ein Stoßgebet!", rief Marshal Clinton.

Plötzlich erfasste alle Raumschiffe eine Stoßwelle... aus dem Universum heraus in das Omnium hinein. Der Professor erreichte, dass die Glocke, die der Chromoswellen-Generator aufbauen konnte, als gewaltige Welle in eine Richtung ausgestrahlt werden konnte. Über L-Com empfingen die STAR MARSHAL-Raumschiffe den Code, um nicht von der Verzerrung erfasst zu werden. Auf den gegnerischen Schiffen lief nun alles in Superzeitlupe ab. Endlich konnte Marshal Greg Gains sagen: „Im Namen des Gesetztes des STAR MARSHAL OFFICE! Ihr seid verhaftet, legt die Waffen nieder und ergebt Euch!"

Ob die Angreifer etwas hörten oder nicht. Es war der obligatorische Spruch eines Marshals. Die Angreifer waren nicht mehr in der Lage sich zu wehren. „Wir werden mit den Körpertransportern eines ihrer Schiffe entern. Da fällt mir ein, der damalige Deputy und heutige Marshal Fenston hatte ganz schön die Hose voll, als Stan Thor und Korogon den Zielort so gut wie möglich schätzten. Ja, unser Stan Thor, wo auch immer du jetzt bist...", flachste Greg Gains. Nun, es müsste heißen „wann, nicht wo", aber das wissen nur wir Leser vom Teil 1 der STAR MARSHAL-Serie.

Marshal Gains führte den Außeneinsatz an. Auf den Schiffen angekommen erschraken alle. Kein Sauerstoff, kein Lebenssignal. Maschinen taten ihren Dienst. Sechs Arme und drei Beine, einen Kopf, geformt wie eine nach oben geöffnete Satellitenantenne. Es schien, als wenn jede Maschine darüber Befehle empfangen könnte. In ihrer Zeitrechnung bewegten sich die Maschinen natürlich ganz normal. Auf einem ihrer Monitore war ein Fadenkreuz auf die STAR MAR 31 ausgerichtet. Der mechanische Finger einer Maschine steuerte langsam auf den Feuer-Knopf zu. Marshal Stark schlug ihn gleich ab. „Wir durchforsten ihren Computer, wir brauchen Informationen. Schließt die Übersetzungsmodule an", befahl Greg Gains. Anstatt Informationen, erhielt Marshal Gains einen Hilferuf. Aus dem Übersetzungsmodul kam: „Hallo, bitte helft mir. Wir sind die Moronen. Wir sind Lebewesen aus der Morontz, ihr sagt Galaxis dazu. Es gibt unzählige Morontzen, oder in eurer Sprache Galaxien. Wir waren ein hochtechnisiertes Volk. Irgendwann begannen unsere Roboter zu denken, zu kombinieren und gegen uns zu kämpfen. Nun brauchen sie unsere Gehirne. Wir müssen alles speichern, jede grausame Tat der Roboter. Sie wollen euer Universum erobern. Sie wollen euch vernichten. Sie nennen sich in eurer Sprache „Invasoren der künstlichen Intelligenz". Ihr müsst uns vernichten, unbedingt."

„Dann bist du also ein Individuum?", fragte Marshal Gains. „Korrekt, ich war Wissenschaftler, hatte 18 Kinder. Mein Name ist Rem. Auf jedem Raumschiff befindet sich ein Individuum. Es reicht aber nicht, wenn ihr nur uns vernichtet. Ihr müsst die Roboter ebenfalls vernichten, ansonsten laufen sie Amok gegen euer Universum.", ertönte es aus dem Sprachenmodul. „Wir haben nicht die Macht dazu. Hilf uns und wir helfen dir. Wo ist dein Aufenthaltsort?", fragte Gains. „Ich befinde mich im Computer- und Maschinenraum."

„Marshal Gains an Professor Greg, bitte kommen sie zu folgenden Koordinaten."

Das Atom

Das Sonnensystem

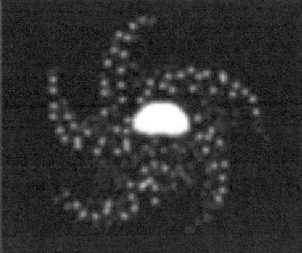

Die Galaxien

Physikalische Systeme

Objekte, die ein Ganzes sind und sich in der Raumzeit in einer Umgebung abgrenzen, sind Physikalische Systeme. Bislang fehlt der Beweis beim Universum. Überlegung. Viele Universen könnten in einem Raum sein, den man Omnium (das Ganze) nennen könnte. Dann hat unser Universum eine Umgebung. Autorenteam Sültz auf Sylt

Vom Atom bis zum Omnium
Eine Überlegung vom Autorenteam Sültz auf Sylt

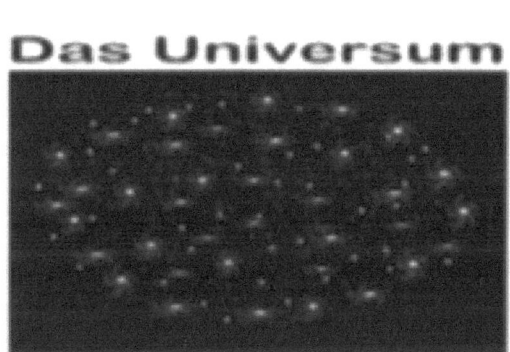

Das Universum

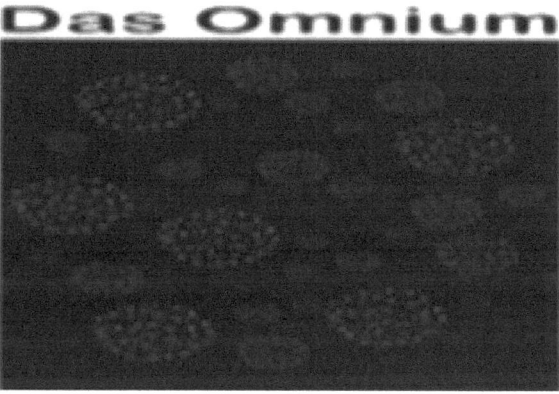

Das Omnium

Der Professor traf ein. Nun überlegten alle, wie Rem gerettet werden konnte. „Wir haben die Möglichkeit, einen Geist, dessen Denken oder auch dessen Seele in Plasmazellen einzubinden. Auch dort ist unser Sprachenmodul integriert", so der Professor. Rem war einverstanden. Techniker und Ärzte der LIVER ONE ummantelten Rem mit Plasma. Sofort wurde er auf die LIVER ONE gebracht und in eine Plasmazelle integriert. Rem wusste, dass es keine andere Möglichkeit gab, er starb sowieso, wenn er im Raumschiff der Roboter geblieben wäre. Im Plasma war er nun in einer anderen Dimension. In der Dimension der Verstorbenen. Aber es ist ja nur der Übergang vom feststofflichen Körper zum feinstofflichen Geist. Sofort hatte Rem Kontakt zu seinen bereits vor langer Zeit verstorbenen Freunden und Familien. Überglücklich sprach er nun: „Keine Bomben können die Roboterschiffe vernichten. Aber ihr habt etwas, was es bei uns nicht gibt... Rost. Belasst die Schiffe in dem jetzigen Zustand, es ist wie ein Schlafmodus. Überflutet dann alles mit Wasser, pumpt es ab und flutet alles mit Sauerstoff. Alles im Schiff wird nun rosten und verrotten. Aber dann müssen wir in mein Universum fliegen und die Maschinen auf meinem Heimatplaneten vernichten, denn es werden neue Invasoren folgen.“

„Einsatzbesprechung auf der LVER ONE“, verkündete Marshal Greg Gains. „Wir haben einen neuen Freund gefunden, es ist Rem von einer anderen Galaxis, man nennt sie Morontz. Rems Kultur wurde durch Maschinen vernichtet. Diese Maschinen versuchen nun in unsere Galaxis einzudringen. Sie haben bereits alles gescannt und wollen diese Informationen nun auswerten. Früher oder später stehen sie vor unserer Tür... sie klopfen nicht... sie vernichten. Mit Rems Hilfe werden wir sie vernichten. Zunächst müssen wir ihre Schiffe mit Wasser fluten.“

Sofort begann die LIVER ONE Kometen einzusammeln. Mit Hilfe der Körpertransporter überflutete man nun die gegnerischen Raumschiffe. Rund um die Uhr arbeiteten die Transporter. 186 Kometen waren nötig, um die Schiffe randvoll zu füllen. Nun wollten sie mit den Strahlenkanonen Löcher in die Außenhaut der Schiffe schießen, aber wie es Rem bereits sagte, die Schiffe waren unzerstörbar. Also musste alles Wasser wieder durch die Körpertransporter abgefüllt werden. Es war herrlich anzusehen, wie sich im leeren Raum neue Eisblöcke bildeten. Durch die Schwerkraft klebten sie förmlich an den Roboterschiffen. „Wir müssen Sauerstoff von unseren Lebenserhaltungssystemen in die Roboterschiffe pumpen. Hoffentlich reicht es für den Rückflug für uns", meinte Marshal Lynn. „Ich schätze, es wird knapp", flachste Gains. „Was? Wir schätzen wieder? So wie damals?", erschrak Fenston. „Spaß, mein Freund. Es war wie damals ein Spaß. Es reicht dicke, versprochen", so Gains. Vier Monate dauerte diese komplette Aktion. Niemand wusste, ob die nächsten Roboterschiffe bereits im Anflug waren. Aber die Arbeiten mussten korrekt ausgeführt werden. Dann war es endlich so weit. Die acht STAR MAR-Schiffe formierten sich um die LIVER ONE. Der Chromoswellen-Generator wurde aktiviert. Der Raum wurde bis auf die höchste Stufe gestaucht, nun schoss die Formation mit Lichtgeschwindigkeit durch den leeren Raum, durch das Omnium, bis zum nächsten Universum.

Von weitem sahen alle eine eher rötliche Galaxis, von Rem „Morontz" genannt. Es deutete alles darauf hin, dass diese Galaxis älter war. Sofort begann der Professor mit seinen Messungen. Nun war es nur noch ein kleiner Weg bis zu Rems Heimatplanet. Rem selbst hatte ihn schon Jahrzehnte nicht mehr gesehen, denn sein Gehirn wurde ja in ein Raumschiff der Roboter gepflanzt.

„Das Ziel wird in 8 Zentilonen nach Sternenzeit erreicht werden. Die Raumzeitstauchung wird nun der normalen Raumzeit angepasst", meldete der Zentralcomputer der LIVER ONE wieder.

Kurz vor dem Zielplanet löste sich die Formation auf. Die LIVER ONE blieb wieder versteckt. Die STAR MAR-Raumschiffe schwärmten aus. Mit den eingebauten Projektoren projizierten die Raumschiffe leeren Raum, so konnten sie nicht erkannt werden. Rem war über den Anblick seines Heimatplaneten sehr traurig: „Es gibt keine Städte mehr, nur noch Fertigungshallen. Ich sehe auch keine Lebewesen mehr. Meine Art ist vernichtete worden. Wenn ich doch nur wüsste, wie ich euch helfen könnte. Die robuste Mechanik ist nicht zu zerstören. Rost hilft nun leider nicht mehr."

Hat der Schöpfer von Allem versagt. Entwickelte sich eine noch höhere Macht, eine unzerstörbare Macht etwa? Das kann und darf nicht sein. Der Professor überlegte mit seinem Team: „Ein Urknall erschuf ein Universum. Nun müssen wir sagen, ein Urknall, es heißt nicht mehr, der Urknall. Denn nun wissen wir, dass es viele Universen gibt. Alles ist im Omnium. Was vernichtet eine ganze Galaxis? Es ist ein Schwarzes Loch. Was wird ein ganzes Universum vernichten? Es sind viele Schwarze Löcher. Was passiert in einem Schwarzen Loch? Bislang können diese Frage nur Lydia Gohr und Marshal Stan Thor beantworten. Und die gelten als verschollen. Ist ein Schwarzes Loch nun das Ende der Existenz von Materie oder der Durchgang zu einer anderen Dimension? Wenn ein Körper in ein Schwarzes Loch gerät, so wird er zerlegt. Der Geist soll sich laut Theorie trennen und in eine andere Dimension wiederfinden. Rem, ich frage dich, siehst du in deiner jetzigen feinstofflichen Welt Lydia und Stan?" „Nein, ich kann sie nicht erkennen", antwortete Rem in der Plasma-Box. „Also könnten sie noch leben. Da ist die Frage, wo oder wann?", sagte Deputy Norgon. „Fassen wir zusammen. Mit unseren Strahlenwaffen können wir nichts ausrichten. Mit Wasser können wir den Planet nicht überfluten. Dann muss ein Schwarzes Loch beenden, was durch den Urknall in diesem Universum schiefgelaufen ist.", so der Professor. „Das nächste Schwarze Loch ist 200000 Lichtjahre entfernt. In unserem Universum sind die Entfernungen geringer. Auch das zeigt, dass dieses Universum sich dem Ende nähert. Viele Schwarze Löcher haben sich bereits selbst geschluckt.", meinte Norgon. „Und wie wollen wir den Roboterplanet in ein Schwarzes Loch befördern?", fragte Rem. „Wir müssen durch die Chromoswelle die Raumzeit so stark krümmen, dass der

Planet durch das Schwarze Loch angezogen wird. Nur müssen wir den Generator genau zum richtigen Zeitpunkt ausschalten, sonst werden wir mit hineingezogen. Gehen wir an die Arbeit, es gibt viel zu berechnen", so der Professor.

Marshal Gains flog mit seiner STAR MAR-Flotte immer näher auf diesen Maschinen-Planet zu. Es gab scheinbar keinen Alarm. Also beschloss er mit vier Marshals auf dem Planet zu landen. Sie registrierten eine Start- und Landeeinrichtung für Raumschiffe. Darum herum riesige Hallen, in denen wahrscheinlich die Raumschiffe gefertigt werden. Alles schien etwas eigenartig zu sein. Entweder waren diese Roboter sich total sicher darüber, dass keine Macht größer ist und sie angreifen kann. Oder sie rechnen nicht damit, dass es jemand versucht und haben kein Alarmsystem. Bis auf 500 Meter flog die STAR MAR 17 eine Halle an. Jetzt wurden Marshal Gains, Marshal Korogon, Marshal Stark und Marshal Wegros mit den Körpertransportern auf das Dach einer Halle gebracht. Mechanische Geräusche waren zu hören. Die Roboter selbst kommunizierten nicht über Sprache. An der Decke hing eine Art Satellitenschüssel, nach unten gerichtet. Die Roboter haben Satellitenschüsseln, wie Köpfe, nach oben gerichtet. Das schien die Zentrale Kommunikation zu sein. Jede Fertigungshalle ist nach dem gleichen Prinzip aufgebaut. Der Scanner der STAR MAR 17 zeigte um den Planet herum etwa 21 Millionen Basen. Ja, das Wort Invasoren ist genau richtig. Eine

Übermacht, der kein Planet, keine Galaxis und auch kein Universum standhalten kann. Marshal Gains schloss ein Sprachenübersetzungsmodul an die Schüssel unter der Decke an. Die Marshals hingen an Stahlträgern und beratschlagten. „Es gibt keine Kabel, es gibt einfach keine Angriffspunkte", flüsterte Stark. Während sie weiterplanten und lediglich Vermutungen aufstellen konnten, meldete sich das Übersetzungsmodul: „Frequenz und Code gefunden und eingerichtet... die Übertragung beginnt... Roboter 6787... die letzten vier Gehirne sind in fertiggestellte Raumschiffe zu integrieren. Wir haben noch keine Rückmeldung unserer Außenraumschiffe erhalten. Die letzten vier mit Gehirnen bestückten Raumschiffe sollen zu den Koordinaten des gescannten Universums fliegen. Wir benötigen dringend weitere 6 Milliarden Gehirne um unsere Raumschiffe erfolgreich zur Invasion aller Universen im Omnium zu führen. Niemand wird sich uns in den Weg stellen können. Wir sind die Macht und die Schöpfung."

Versteinert sahen sich die Marshals an. „Das ist also der Grund, sie wollen unsere Gehirne als Speichermedium", sagte Korogon. „Ja, noch sind die Gehirne, die von der Natur oder Gott erschaffen wurden, besser als jede Maschine. Aber ich will nicht in einen Maschinenkörper und ewig ohne Gefühle leben. Wir brauchen einen Plan", forderte Gains. „Marshal Gains an Professor Greg. Wie sieht es bei Euch aus?" „Hier Professor Greg auf der

LIVER ONE. Wir arbeiten an einem Plan. Verschafft uns Zeit." „Wie sollen wir das schaffen? Die vier Raumschiffe werden gerade mit den Gehirnen bestückt, dann starten sie", fragte Korogon. Noch ehe er weiter reden konnte, stürzte Marshal Wegros gewagt in die Halle und rief: „Ein Leben für Milliarden!" Sofort schoss er auf eines der Gehirne. Vor den Augen der Marshals wurde Marshal Wegros auf eine Bahre gelegt und festgeschnallt. Jetzt öffneten die Maschinen den Schädel von Wegros. Er schrie vor Schmerzen. Nach zwei Minuten hatten die Roboter das Gehirn und brachten es zu einem der vier Raumschiffe. Wegros Körper war noch nicht gestorben. Die Roboter ließen ihn einfach auf der Bahre liegen. Arme und Beine strampelten. Mit einem gezielten Schuss töte Marshal Gains den Körper seines Kollegen. Die vier Raumschiffe waren bereit für den Start in Richtung gescanntem Universum.

Die drei Marshals konnten nicht eingreifen. Sie mussten tatenlos zusehen, wie ihr Freund nun zum menschlichen Speicher eines der Raumschiffe wurde. „Lasst uns zu unseren Raumschiffen zurückkehren, hier können wir nichts ausrichten", sagte Marshal Gains.

Die Maschinen-Raumschiffe starteten. „Was passiert da bei euch?", fragte der Professor über L-Com ganz aufgeregt. „Professor, wir haben Marshal Wegros verloren. Er ist jetzt in einem der Maschinen-Raumschiffe. Wir werden sie verfolgen. Sie fliegen zu unserem Universum", sagte Gains. Rem meldete sich sofort zu Wort: „Es tut mir um euren Freund sehr leid, aber ich verstehe was er vorhat. Er wird versuchen, die eigenen Schiffe zu vernichten. Ihr müsst ihm Zeit verschaffen, denn es öffnet sich demnächst ein Wurmloch, das die vier Schiffe in die Nähe eures Universums bringt." „Ja, Zeit verschaffen, das hat schon einmal nicht geklappt. Ich gehe gleich zum Kaufmann und kaufe eine Tüte davon", flachste Gains. Sofort nahmen die acht STAR MAR-Raumschiffe die Verfolgung auf. Plötzlich meldete sich über L-Com eine Stimme: „Hier Wegros, ich bin immer noch Marshal der vereinigten Planeten. Ja Freunde, ich lebe. Ich denke... also bin ich. Die Waffen auf den Maschinenschiffen basieren auf „Materie zu Energie-Umwandlung". Das heißt, der abgesandte Strahl wandelt ein Raumschiff oder einen Planet in Energie um, die die Maschinenraumschiffe aufnehmen und verarbeiten. So sind sie unangreifbar und ewig. Es ist ein Todesstrahl. Ich versuche die anderen mit den eigenen Waffen zu schlagen, aber ihr müsst mich dann vernichten. Ich werde bestimmt erkannt und getötet. Denkt daran, jedes einzelne Maschinenraumschiff kann eine Bedrohung für alle Universen im Omnium sein."

„Hier Professor Greg. Marshal Gains, wir trennen uns nun. Meine Berechnungen sind bald fertig. Mit der LIVER ONE werden wir uns um den Maschinenplaneten kümmern. Ihr müsst die vier Schiffe erledigen. Ich habe keine Ahnung wie. Ich weiß auch noch nicht, ob unser

Auftrag zu erledigen ist. Aber die 128 Planeten, die dem STAR MARSHAL-Office unterliegen, werden es uns danken. Vielleicht sogar unser Universum. Viel Erfolg für uns alle."

Die LIVER ONE blieb weiterhin versteckt und arbeitete an dem Plan, den Maschinenplanet in ein Schwarzes Loch zu lenken. Die acht STAR MAR-Raumschiffe verfolgten die vier Maschinenschiffe.

„In 2 Millionen Kilometern öffnet ein Wurmloch. Ich greife nun meine Schiffe an", ertönte es aus dem L-Com. Wegros manipulierte die eigene Crew. Er suggerierte ihr, dass Feinde auf den anderen Schiffen sind und diese nun vernichtet werden müssen, um die große Invasion nicht zu gefährden. Der erste gezielte Schuss auf eines der Maschinenschiffe und es löste sich komplett auf. Die freigewordene Energie absorbierte Wegros Maschinenschiff in gewaltigen Kondensatoren. Die beiden übriggebliebenen Schiffe bemerkten den Verlust und schossen nun auf Wegros. Wegros wurde als Star Marshal als Taktiker ausgebildet. Jetzt flog er taktische Manöver, wobei die Gehirne der beiden anderen Schiffe lediglich als Speicher missbraucht wurden. Es wurde eine Strahlenschlacht. Die STAR MAR-Raumschiffe mussten in Deckung gehen. Solch eine Feuerkraft hat noch niemand gesehen. Plötzlich öffnete sich das Wurmloch. „Marshal Ustinov, fliege mit der STAR MAR 45 hinein und schließe es am Ende mit den Strahlenkanonen. Feuere alles was das Schiff hergibt ab, damit der Kanal für immer geschlossen bleibt", befahl Marshal Gains. Die STAR MAR 45 flog hinein. Kurze Zeit später brach das Wurmloch zusammen.

Wegros Schiff wurde leicht getroffen. Eines der anderen Schiffe taumelte durch den Raum. Das andere Maschinenschiff war noch voll intakt. „Hier Gains, feuert auf das taumelnde Schiff... gebt alle... Feuer frei!" Alle sieben STAR MAR-Schiffe feuerten. Jetzt endlich war das Maschinenschiff verletzbar. Es schmolz zu einem Eisenklumpen im Raum.

Zwischen Wegros Schiff und dem noch übriggebliebenen Maschinenschiff kam es zu einem Showdown. Beide Schiffe lagen sich im Raum gegenüber. Wegros Schiff war angeschlagen. „Wir müssen Marshal Wegros helfen. Schaltet die Projektoren ein und projiziert Maschinenschiffe in den Raum", befahl Marshal Gains. Sieben weitere Maschinenschiffe waren nun zu sehen. Sie richteten sich alle gegen Wegros Maschinenschiff. Man könnte denken, dass alles gegen das abtrünnige Schiff getan würde. Aber der Taktiker Wegros kannte ja seine Weggefährten.

Er lud ein letztes Mal die Waffe und setzte zum finalen Schuss an.

In der Zwischenzeit waren die Berechnungen für Professor Isaak Greg abgeschlossen. Die LIVER ONE flog auf den Maschinenplanet zu. Auf dem Planet begann ein hektisches Treiben. Viertausend Schiffe wurden ohne

Speichercomputer, sprich Gehirne, bereitgestellt. Die Roboter sollten eigenständig handeln. Ohne Hauptcomputer hatten sie keinen Kontakt zum Zentralcomputer auf dem Planet, aber auch keine Taktik und Koordination. Sie waren einfach nur brutal, machtbesessen und dumm. Es wurde ein Rennen mit der Zeit. Die LIVER ONE war nun nah genug am Planet. Der Chromoswellen-Generator wurde aktiviert. Die neuen Berechnungen und Einstellungen schienen zu funktionieren. Der ganze Planet war nun innerhalb der Chromoswellen-Glocke. Langsam faltete sich der Raum. Der Planet bewegte sich natürlich nicht, dazu fehlt es an Gravitation und Energie. Auf den Instrumenten sah man das 200000 Lichtjahre entfernte Schwarze Loch. Jetzt stauchte der Professor den Raum extrem. Die Schiffe auf dem Planet wurden auf die Startbahnen geschleppt. Es sah nicht so aus, als wenn die Zeit der LIVER ONE reichen würde. Die Aufregung war groß. Wenn nur eines der Maschinenschiffe starten und nur einen Schuss auf die LIVER ONE abfeuern würde, wären alle vernichtet.

Noch 110000 Lichtjahre sind zu überbrücken. Auf dem Planet standen nun 6 Raumschiffe bereit.

„Holt mehr aus dem Generator heraus!", rief der Professor.

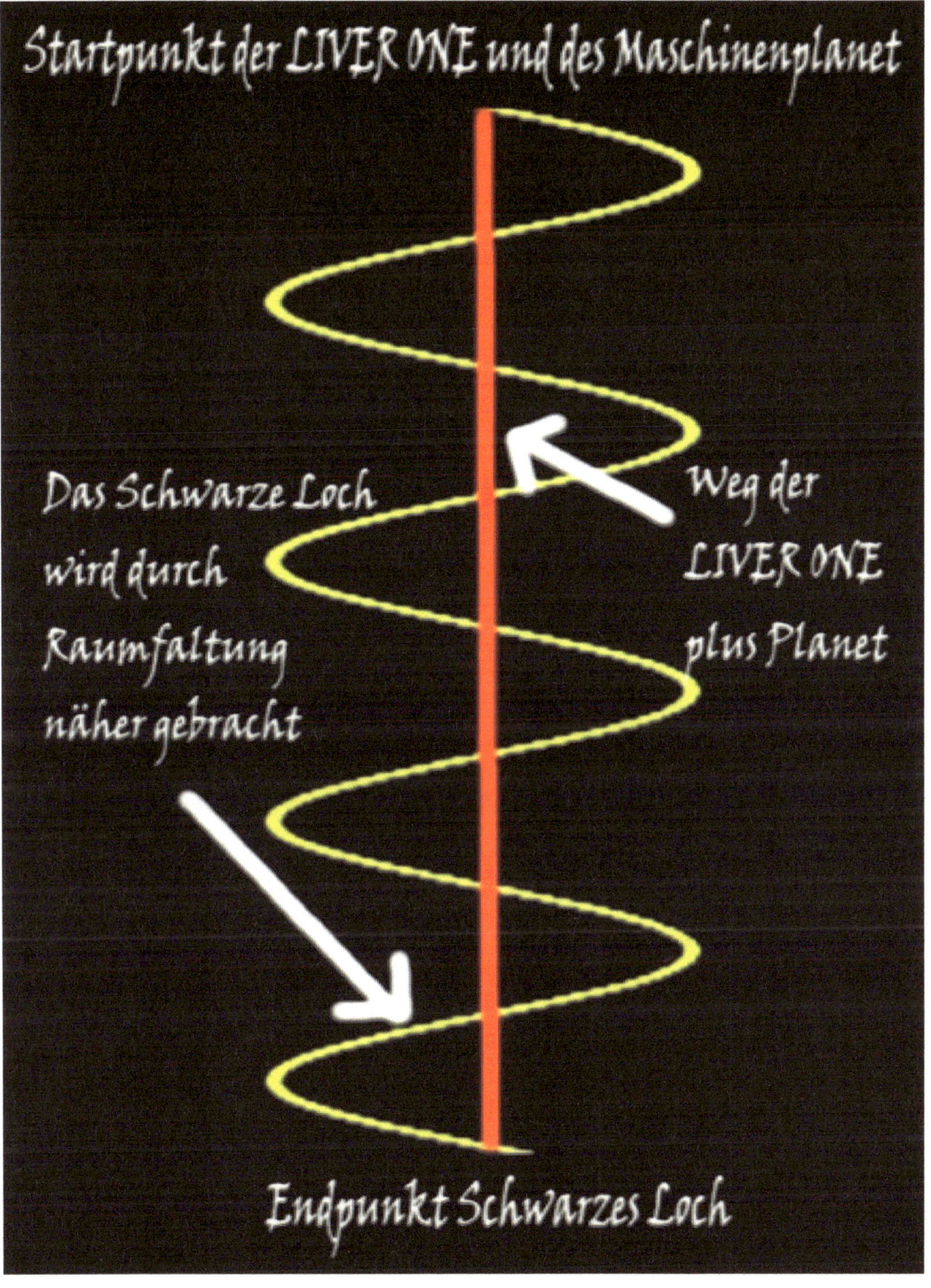

Startpunkt der LIVER ONE und des Maschinenplanet

Das Schwarze Loch
wird durch
Raumfaltung
näher gebracht

Weg der
LIVER ONE
plus Planet

Endpunkt Schwarzes Loch

Noch 75000 Lichtjahre... die Raumschiffe der Roboter bekamen Starterlaubnis... noch 52000 Lichtjahre... das erste Maschinenschiff hob ab... 44000 Lichtjahre waren noch zu überbrücken... das zweite Maschinenschiff hob ab... die Raumschiffe steuerten direkt auf die LIVER ONE zu. Plötzlich liefen Minuten in Plank-Einheiten ab. Die Planck-Zeit ist der kleinste Zeitablauf in der Physik. Die Maschinenschiffe feuerten einen Strahl ab. Der kam nun Millimeter um Millimeter auf die LIVER ONE zu. Jeder Druck auf einen Schalter dauerte eine Ewigkeit. Der Computer auf der LIVER ONE meldete sich: „Daaas Zieeel wiiird iiin aaacht Zentiiiloooon naaach Steeerneeenzeiiit eeerreiiicht weeerdeeen. Dieee Rauuumzeeeitstauuuchuuung wiiird nuuun deeer nooormaaalen Rauuumzeeeit aaangepaaasst." Aber die LIVER ONE reagierte nicht. Es waren nur noch 18000 Lichtjahre zu überbrücken. Das Schwarze Loch kam gefährlich näher. Der Finger des Professors kam dem Schalter für GENERATOR AUS nur um Millimeter näher. Es war eine Frage der Zeit, wer oder was war schneller? Der zerstörerische Energiestrahl der Roboter? Die Anziehungskräfte des Schwarzen Lochs? Oder der Finger des Professors? Noch 9000 Lichtjahre...

Noch 7000 Lichtjahre... 5000 Lichtjahre... 1000 Lichtjahre... nun wirkte die Anziehungskraft des Schwarzen Lochs gewaltig. Der Finger des Professors war nur noch 2 mm vom Schalter entfernt. Der Todesstrahl eines Raumschiffs hatte noch 5 cm vor sich.

Jetzt waren alle im Einzugsbereich des Schwarzen Lochs. Im gleichen Augenblick drückte der Professor den Schalter... gleichzeitig traf der Todesstrahl auf die LIVER ONE und hinterließ einen etwa 20 cm tiefen Kratzer entlang der gesamten Außenhülle. Der Planet wurde ins Schwarze Loch gezogen. Sofort veränderte der Professor die Gravitationswelle. Jetzt wurde sie gestreckt. Das Schwarze Loch entfernte sich. Der Planet war vernichtet. Die LIVER ONE flog eine riesige Schleife und setze die Chromoswelle wieder ein, um zum Vereinigungsstandort mit den sieben STAR MAR-Raumschiffen zu gelangen. „Glückwunsch Herr Professor.", gratulierte Marshal Gains über L-Com. „Auch euch beglückwünsche ich, alle haben ihr Bestes gegeben.", antwortete der Professor.

Alle Raumschiffe trafen sich zum Rendevous. In dem Augenblick, in dem der Planet vernichtet wurde, brach auch der Befehlseinsatz zu Wegros Maschinenschiff ab. Die Roboter reagierten nun nur noch auf die Befehle von Marshal Wegros. Zusammen formierte man sich und flog in Richtung heimatliches Universum. Kurz vor dem Eintritt trafen sie auf die STAR MAR 45 mit Marshal Ustinov, der das Wurmloch außer Gefecht setzte. Gemeinsam ging es nun in Richtung Milchstraße. Glücklicher Weise gab es keine Verluste. Marshal Wegros war nun in einer anderen Dimension, konnte aber mit allen kommunizieren. Ein neuer Freund wurde mit Rem gefunden, ebenfalls aus einer anderen Dimension. Außerdem bringen sie noch ein Maschinenschiff mit.

Nach 28 Tagen kamen alle wieder in das heimische Sonnensystem. Der Chromoswellengenerator stauchte die Wegstrecke bis aufs Äußerste. „Marshal Greg Gains an STAR MARSHAL OFFICE-Hauptquartier auf dem Mars, bitte melden." „Hier Hauptquartier, wir freuen uns auf ihren grandiosen Erfolg."

Deputy Norgon sagte: „Oh, wir haben immer noch den Generator auf Planetengröße eingestellt, das war gefährlich." Plötzlich trafen zwei Todesstrahlen die STAR MAR 48 und STAR MAR 44. Die Mannschaften wurden sofort getötet, auch Marshal Lynn.

Marshal Wegros flog blitzschnell eine Schleife und griff die im Schlepptau gewesenen beiden Roboter-Raumschiffe an. Vom Mars-Hauptquartier feuerte man aus allen Rohren. Sofort stiegen weitere 11 STAR MAR-Raumschiffe auf. „Marshal Gains an alle! Nicht schießen! Wir laden nur ihre Kondensatoren auf, dann sind sie noch mächtiger!" Mit eingeschränkter Feuerkraft versuchte Wegros mit seinem erbeuteten Maschinenschiff alles herauszuholen.

Plötzlich waren die beiden ungebetenen Gäste verschwunden. Auch die LIVER ONE war verschwinden. Geistesgegenwärtig schloss der Professor die LIVER ONE und die Maschinenschiffe ein und startete mit eingeschaltetem Chromoswellen-Generator in Richtung des nächst gelegenen Schwarzen Lochs. 26000 Lichtjahre ist es von der Erde entfernt. Wieder gab es das gleiche

Phänomen. Wieder lief alles mit der Planck-Zeit ab. Die Maschinenschiffe schossen ihren Todesstrahl ab. Der Professor hatte nun aber bereits den Finger auf dem Schalter. Noch 8000 Lichtjahre... wieder kamen beide Todesstrahlen näher... noch 4000 Lichtjahre... noch 1000 Lichtjahre... die gewaltigen Anziehungskräfte reagierten auf die LIVER ONE. Der Professor drückte den Schalter... die LIVER ONE flog einen Bogen und die Maschinenschiffe wurden vom Schwarzen Loch angezogen. Wieder gab es einen 50 Meter langen Streifschuss an der Außenhaut der LIVER ONE.

Zurück zum Mars, sah Marshal Gains die Streifschüsse an der Außenhaut der LIVER ONE und flachste: „Na, mit Smart Repair ist da wenig zu machen."

Tage später wurden alle zu General Jackson eingeladen. „Ich beglückwünsche alle zu diesem großartigen Erfolg. Sie haben nicht nur unsere Milchstraße gerettet, auch nicht nur unsere Galaxis, nicht nur unser Universum, sondern das gesamte Omnium.

Ich verleihe allen den STAR MARSHAL-Sonderorden, gestiftet von allen 128 Planeten. Und ihnen, sehr geehrter Herr Professor Isaak Greg, den Ehren-Marshal-Stern.

Und ein herzliches Willkommen unserem neuen Freund aus der fernen Galaxis... Rem!"

Rem und Wegros wurden Freunde und teilten sich die Aufgaben auf dem erbeuteten Maschinen-Raumschiff. Es wird nun in die gesamte Flotte der STAR MAR-Raumschiffe integriert. In Gedenken an den verschollenen Marshal Stan Gohr wurde das Schiff STAR THOR genannt.

..............................ENDE...